詩와 Aphorism

혓바닥 우표

정성수 시집

혓바닥 우표

• 지은이 / 정성수
• 발행처 / 도서출판 고글
• 발행인 / 연규석
• 초판 발행 / 2017년 10월 1일
• 주소 / 서울특별시 용산구 한강로 2가 144-2
• 전화 / 010-8641-3828
• E-mail / jung4710@hanmail.net

값 15,000원
※ 잘못된 책은 바꾸어 드립니다.
※ 이 책은 도서출판 인문사 아트콤 김인창 대표의 전액 지원금으로 만들었습니다.

ISBN 979-11-85213-64-4 03810

詩와 Aphorism

혓바닥 우표

‖ 작가의 말 ‖

우표는 우편요금을 납부하기 위한 수단으로 정부 또는 정부로부터 위임받은 기관이 발행하는 증표다. 우리나라 최초의 우표는 1884년 11월 18일 근대우편업무 개시와 함께 발행된 '문위우표文位郵票(74×82㎜)'다. 당시에는 '대조선국우초'라고 불렸으며, 문위우표는 우표 수집가들이 붙인 이름이다.

1964년 9월 우표세계사에서 창간한 '월간 우표세계(총 32쪽/ 정가: 40원)'는 김광재金光載선생이 발행한 우표잡지다. 한때 중단되었다가 우여곡절 끝에 1972년 10월호(총 50쪽/ 정가: 200원)로 복간되어 현재에는 우표취미생활인의 교양지 '우표'라는 제호로 매월 발행되고 있다.

우연한 기회에 사)한국우취연합 월간 '우표'와 인연이 되어 2012년 9월호에 시 '편지'를 시작으로 약 5여 년 동안 시를 연재하였다. 요즘 컴퓨터로 주고받는 이메일이나 핸드폰 문자, 카톡 등에 밀려 우표의 위상이 퇴색해가고 있는 현실을 안타까워하면서 그 동안 발표한 시들을 묶어 시집 '혓바닥 우표'를 상재한다. 생활 속 진실을 바탕으로 쓰는 편지가 잊히지 않을 때 우표의 진정한 의미가 살아날 것을 믿으며 우표가 우표 수집가들의 전유물로 전락하고 기념우표 발행이나 전시성 우표전시회로 그치지 않기를 바란다.

2017년 깊어 가는 가을에
건지산 아래 작은 방에서
정성수

목차

제 1 부

제 2 부

제 3 부

제 4 부

제1부

봄꽃편지

그대가 그리운 날에는 그대에게 보낼 편지를 들고
우체국으로 향한다
수많은 사람들이 내 곁을 스쳐지나가도
그리움은 여전히
한 장의 편지가 된다

우체국 창가에서 한 사람이 빈 하늘에 편지를 쓰고 있다
순간 나는 괜시리 슬퍼졌다
그리운 사람에게
그리움을 보낸다는 것은
이 세상에서 가장 쓸쓸한 일인 것 같았다

그리움 하나 우체통에 밀어 넣고
바라본 앞산에서는
앞 다투어 꽃이 피고 있었다

어떤 사람은 그리움을 끌어안고 일생을 버티기도 한다
그리움이

절실하면 절실할수록
눈물도 보석처럼 빛난다

봄꽃들이 봄꽃편지가 되어 그대에게 당도할 때쯤이면
한 사람이 등을 보이며 멀어져 갈 것이다

| 정성수의 아포리즘 |

봄 길을 걷다보면 많은 꽃들을 만난다. 보도블럭 사이로 얼굴을 내민 민들레, 덤불 속의 애기똥풀, 뚝방길에 핀 제비꽃 그 외에도 앞산 진달래, 담장을 타고 내려오는 개나리, 울타리가 목련. 도로변의 벚꽃 외에도 복사꽃, 살구꽃 등 수많은 꽃들이 저요~저요~ 손을 든다. 봄에 부는 바람은 모두가 꽃바람이다. 서성이는 사람도 꽃을 만나면 꽃바람이 된다. 봄이야 꽃만 피워 놓고 아지랑이 속으로 사라지면 그만이겠지만, 꽃피는 봄이면 나도 모르게 네 이름을 부른다. 남녘에서 부쳐온 봄꽃편지 한 장이면 3월이 가기 전에 허기진 마음을 덮고 남으련만! 너는 지금 어디쯤 가고 있는지?

4월에 그대에게 보내는 편지

4월이 오면 별이 되지 않아도 좋으리
사람들은 괜히
4라는 숫자에 눈을 흘긴다
그래도 물이 깊으면 강은 푸르고
밤이 되면 강물 위에 수많은 별이 뜬다
어둠의 마을에서
쥐눈이콩 같은 불빛 가물거리면
이 밤에도 잠 못 이루고
그대를 생각하는 4월인 줄 알아라
앞강도 뒷산도 그대를 못 잊어 피울음 울고 있으니
우리 만난 일이 없는
잔인한 4월이다
돌아앉아 가슴을 치는 것이 사랑이라지만
어쩔 수 없이 4월도 간다
내 편지가 손에 닿거든
그대여!
이 밤도 잠들지 말고 길이 되어 가거라

| 정성수의 아포리즘 |

T.S. 엘리엇은 장편 서사시 황무지에서 '4월은 잔인한 달/ 죽은 땅에서 라일락을 키워내고/ 기억과 욕망을 뒤섞고/ 봄비로 잠든 뿌리를 뒤흔든다.'고 노래했다. 이처럼 4월을 잔인한 달로 표현한 것은 겨울을 이기고 다시 삶의 세계로 돌아와야 하는 생명체의 고뇌를 그려낸 것이다. 잔인하다는 4월에도 꽃은 핀다. 꽃피는 4월에 가끔은 생각나는 사람으로 살자. '밥은 잘 먹는지 몸은 건강한지 궁금해 하며 적당히 걱정도 해주고 힘들 때 내 생각도 조금은 하는지?' 당신이 그리워하는 그런 사람이면 좋겠다. 나 또한 그리워하면서 아침에 눈뜨는 4월 어느 날, 4월의 꽃 백합 한 송이 건네 줄 사람 온다면 행복하겠다.

편지

한 생을 살아가는 동안
편지 한 장 받아보지 못한 사람들은 얼마나 외로울까
저 세상으로 가는 날 까지
편지 한 장 써보지 않은 사람들은 얼마나 쓸쓸할까

그대의 외로움 보다 먼저
내 쓸쓸함을 위해서 이 밤 편지를 쓴다
그러나 그대여
긴긴 사연 봉투 속 깊숙이 밀어 넣고
밀봉하는 순간
그대의 외로움과 내 쓸쓸함이 하나가 되었나니

한 생을 살아가는 동안
편지 한 장 받아보지 못한 사람은 불쌍한 사람이다
저 세상으로 가는 날 까지
편지 한 장 써보지 않은 사람은 사랑을 모르는 사람이다

| 정성수의 아포리즘 |

한때는 편지를 많이 썼다. 군에 입대한 아들이 부모님께 안부 편지를 쓰고 사랑하는 사람들은 연서를 보내기도 했다. 우표를 붙여 우체통에 집어넣으면서 편지가 무사히 도착하기를 간절히 빌었다. 요즘은 시대가 바뀌고 삶이 바쁘다는 핑계로 이메일을 보내고 문자로 용건을 주고받는다. 과학이 발달하고 세상이 변한다 할지라도 변치 말아야 할 것은 인간애다. 부모, 스승, 친구 등 가까운 지인에게 감사의 마음을 전해보자, 한통의 편지가 위로가 되고 위안이 되면 세상이 따뜻해질 것이다. 따뜻한 세상에서 살아간다는 것은 얼마나 고마운 일인가?

우체국 창가에서

우체국에 와서
무통장 예입청구서라도 쓸라치면
괜히
편지를 쓰고 싶다

보낼 곳도
받아 줄 사람도 없는
허망한 나날을
우표 한 장에 실어 보내면

어린 시절
여름 냇가에서
물장구치며 고추재기 하던
친구들은
지금 어느 하늘 아래서
막내딸 무릎베고
흰 머리카락 세고 있나!

우울한 날은 잠시
우체국 창가에서 팔짱을 낀 채
먼데
하늘을 본다
그리움을 본다

| 정성수의 아포리즘 |

"우체국?"하면 편지다. 국내는 물론 해외까지 배달되는 편지는 발신인과 수신인 사이 따뜻하고 끈끈한 인간관계를 유지시켜 주는 매개물이다. 우체국 앞 빨간 우체통을 바라보는 것만으로도 가슴이 뛴다. 이 세상 어디선가 내 편지를 기다리는 사람이 있을 것 같은 생각이 클수록 심장의 고동소리가 크다. 그런 우체국이 요즘은 우편업무 보다 예·송금, 특산물 소개 및 배달 업무, 우체국 택배, 꽃 배달 서비스, 보험 상품 판매 등으로 전환되어 가고 있는 실정이다. 우체국은 거대한 판매망을 가지고 있다고 한다. 이런 장점을 활용해 지역맞춤형 사회공헌 활동을 통해 상생과 나눔을 앞장서서 실천해야 할 때다.

손바닥 편지

내가 너의 손바닥에 써 준
사랑한다는 말을 쥐고 평생을 살아가거라
아이야
팔을 흔들 때마다
사랑의 꽃 피어나 세상의 길 환할 것이다
손에 쥐어야 할 것은
돈이나 지식이 아니라 사랑이다
끝까지 가 봐도 모르는 것이 인생이라고
말하는 어른들에게
손바닥 편지 자주자주 보여주어라
그때 알게 될 것이다
인생은 거창한 것이 아니라
차곡차곡 쌓아 올려가는 사랑의 탑이라는 것
어른이 되지마라 아이야
어른이 된다는 것은 슬픈 일이란다
손바닥 편지
꼭 쥐고 거친 세상 건너가거라
아이야 아름다운 것은 꽃이 아니라 사랑이다

| 정성수의 아포리즘 |

5월은 가정의 달이다. 어린이날이 어버이 날 보다 앞에 있는 것은 어린이를 먼저 생각한 까닭이다. 어린이들에게 최초의 교사이자 교과서는 부모다. 어린이들은 부모의 말과 행동과 일하는 모습을 모델로 하여 성장한다. 부모의 말 한마디로 자아 개념이 높아지기도 하고 낮아지기도 한다. 부모가 생각 없이 하는 말이 자녀에게는 상처가 될 수 있다. 깨지기 쉬운 유리그릇처럼 조심해서 대하고 말을 가려서 해야 한다. 부모님이 정말 나를 사랑하고 있다는 믿음을 줄 수 있도록 무한한 애정을 줘야하는 것은 필수다. 풍족할 때보다 약간 모자랄 때 더 노력한다는 결핍감을 주라는 어느 심리학자의 말을 귀담아 들어야 할 5월이다.

미루나무가 있는 집

늙은 여자가 사는 집
편지 한 장을 들고 중얼거리는 소리
담을 넘어 오는 집
외아들을 전장에 보내고 한숨으로 실성 실성
한 세상을 건너가는
어머니가 마당을 서성이는 집

월남전이 끝난 지 언제인 줄 모르는 사람들은
정신 줄을 잡았다 놨다 한다고 말하고
누구는 아직도 끝나지 않은
전쟁이 두려워서
몸을 등껍질 속으로 말아 넣는다고 한다

늙은 여자가 편지 한 장을 들고
밥은 먹었느냐고 몸은 성성하냐며
히죽 웃는다

어머니가 슬픔을 와락 껴안고 통곡하는 집

미루나무가 허공에 답장을 쓰는
집
마루나무가 있는 집

| 정성수의 아포리즘 |

국군이 참전한 '월남 전쟁'과 세계 여러 나라들이 말하는 '베트남전쟁'은 전혀 다른 의미를 지니고 있다. 우리나라는 당시 자유월남공화국의 내전內戰인 월남전에 참전했다. 그렇기 때문에 '파월용사'지 '파베트남용사'가 아니다. 1964년 9월에 자유월남공화국 내부의 평화와 의료 및 건설지원을 위해 파견한 '101 이동외과병원'과 건설지원단인 '비둘기부대'가 월남전 참가 첫발이다. 그 후 한국군의 근면성과 친절, 기술의 우수성에 감동하여 '게릴라 소탕에도 도움을 달라'는 요청에 따라 1965년 9월부터 맹호부대, 청룡부대, 백마부대가 참전하여 활동했다. 이것을 '월남전 참가'라고 한다.

강물 위에 쓰는 편지

그대가 강가에 서성일 때 나는 강나루였기에
그대의 발자국소리를 들었다

그대가 강을 건너 갈 때
나는 그대를 가슴에 담은 한 척의 배였기에
그대를 위해서 조용히 흔들렸다

강을 건너간 그대는 뒤도 돌아보지 않고
자기 길을 갔다
빈 배인 나는 강둑에 온 몸을 꽁꽁 묶인 채
언젠가 돌아 올 것이라는
기약조차 없는 슬픈 생각을 하였다

한 순간 강물에 스쳐간 작은 배가 아니라
사소한 떨림에서 시작하여
운명의 파장을 일으키는
영원한 물결이기를 오래오래 소망한다

| 정성수의 아포리즘 |

강이라는 말에는 물비린내가 난다. 물비린내는 어쩌면 그리움인지도 모른다. 가슴 복판에서 흐르는 강은 잔잔하게 때론 격정적으로 흐른다. 물결에 따라 천차만별의 무늬를 만들기도 한다. 어린 날 종이배를 만들어 냇물에 띄우던 사람은 강으로 갔다. 생각할수록 가슴 저리다. 보고 싶다! 소리쳐 봐도 강은 말이 없다. 강물 위에 띄운 종이배는 강물보다 더 빠르게 흘러갔으니 '수많은 날은 떠나갔어도/ 내 맘의 강물 끝없이 흐르네/ 그날 지금 없어도/ 내 맘의 강물 끝없이 흐르네' 삶의 고달픈 노를 저으며 강물을 따라가고 있을 사람에게 노래 한 구절 택배로 보낸다.

흐린 날 그대에게 띄우는 편지

삶이 불안하고 인생이 스산한
이 저녁
유리창에 빗방울 부딪쳐
수직으로 떨어집니다

언젠가 나도 생의 마지막 벼랑에서
그렇게 떨어져 부서지겠지요!

야망에 시달리는 충혈된 눈빛과
한없이 상처를 받으면서
무모하게
집착하지 말라는
그대의 충고 속으로 오늘도 함몰해 갑니다

다시 만날 수 없다는 것을 너무도 잘 알기에
우리 사랑 영원히 라고
유리창에 쓴 글씨는
흐린 날 그대에게 띄우는 마지막 편지입니다

바람이 창을 흔들어
고단한 하루를 어둠 속에 묻습니다

| 정성수의 아포리즘 |

흐린 날에는 슬픈 노래를 부르지 마시라. 회색빛 하늘이 눈물 흘린다. 창가에 나와 허공을 바라보면 잊힌 얼굴이 지상에서 소름처럼 돋는다. 떨어지는 빗방울에도 상처가 있다. 상처가 있는 것들은 소리죽여 운다. 흐린 날이면 생각나는 사람, 비가 오면 생각나는 사람. 빗물이 흘러내리는 창가에 서면 더욱 그리운 사람 그 사람은 바로 당신이다. 빗물은 유리창을 타고 흘러내리며 흔적을 만든다. 얼마를 씻어내야 가슴속의 흔적들이 지워질는지? 빗방울 하나 유리창에 이마를 부딪쳐 깨진다. 흐린 날에는 유리창에 썼던 사랑한다는 말이 한통의 편지가 되어 마음에서 마음으로 건너가고 건너온다.

한 통의 편지를 위하여

한 통의 편지가 한 그릇의 밥이 될 수 없다고
사람들은 말한다
그러나 한 통의 편지가 한 그릇의 밥이라고
생각하는 사람들이 있다
그것은 가슴 깊은 곳에 묻어 둔
꽃 같은 사랑과
아련한 그리움과
발등에 떨어지는 이별의 아픔을
편지지에 가득 채워
그리운 사람을 불러내는 것이기 때문이다
날밤을 토해서 쓴 편지가
세레나데가 되어
세상의 가슴을 울릴 때
비로소 부정할 수 없는 한 그릇의 밥이다
한 통의 편지를 위하여
기도하는 사람은
만복의 기쁨을 아는 사람이다

| 정성수의 아포리즘 |

다산 정약용의 편지글들을 모아 엮은 모음집이 '유배지에서 보낸 편지'다. 다산의 편지에는 두 아들을 곁에 두고 가르칠 수 없어 노심초사하는 마음이 문체에 그대로 드러나 있다. 친구를 사귀는 법, 책을 읽고 글을 쓰는 법, 밭을 가꾸고 생계를 유지하는 법 등을 세세히 적고 있다. 특히 효를 다하고 검소하게 살아가라는 부탁의 말을 잊지 않았다. 세상의 아버지들은 정성과 사랑이 듬뿍 담긴 편지를 주고받음으로서 이루어지는 자녀교육을 해야 한다. 책상 위에 올려 진 한 장의 편지가 감동이 될 수 있다는 생각만으로도 자녀교육 절반은 이루어진 셈이다.

골목 우체통

내가 하루 종일 골목에 서 있는 까닭은
그대의 창을 밝힐
저녁 불빛이 그립기 때문입니다

불빛 아래서 그리운 이에게
편지를 쓸
그대를 생각하면
내 마음이 먼저 붉어옵니다

내일 아침 기쁜 마음으로 편지를 들고 뛰어 올
그대는
밤새도록 그리워한
우체통 같은 내 사랑입니다
고백한다는 수줍음으로
보내는 사람이나
받는 사람의 가슴까지 밝아오기를 소망합니다

우체통이 골목을 지키는 까닭은

온 몸을 태우는
신열까지도 사랑하는 까닭입니다

| 정성수의 아포리즘 |

우체통이 서 있는 골목에서 사랑을 기다리는 사람은 사랑을 아는 사람이다. 비를 맞으며 사랑하는 사람을 기다리는 사람은 가슴에 꽃씨 하나 심은 봄 같은 사람이다. 붉은 우체통을 사용하기 시작한 것은 '1984년부터였다'고 한다. 이유는 붉은 색은 눈에 잘 띄며 따뜻함을 상징하고 함부로 우체통에 손대지 말라는 경고의 뜻이 있다. 뿐만 아니라 귀함의 의미도 있다. 이제는 거리나 골목에서 우체통을 만나기 어려워졌다. '나는 당신을 사랑합니다.' 애끓는 한마디를 문자와 이메일이 우체통을 대신하는 요즘이다. 우체통이 붉은 것은 그대를 향한 내 마음이 붉기 때문이다.

너에게

네가 내 곁을 떠나간
그 날
너는 나를 잃어버린 것이 아니라 잊어버린 것이다

겨울 한 가운데서도 보리는 푸르고 풀포기들은 긴 꿈을 꾸고 있다. 내 사랑도 어드메쯤인가 이 겨울을 잘 견딜 것을 믿는다. 겨울은 침잠하고 땅 아래 봄은 세상 밖으로의 꿈을 꾼다. 잠들어라, 눈보라여. 우리들의 사랑을 위해서

내가 너를 보낸
그 날
나는 너를 잊어버린 것이 아니라 잃어버린 것이다

| 정성수의 아포리즘 |

12월은 한 해 동안 있었던 기쁨이나 안타까움, 슬픔 등을 뒤로 하는 달이다. 연말 분위기에 휩쓸기보다는 챙겨야할 일, 마음을 가다듬는 지혜가 필요하다. 특히 평소에 잘 찾아뵙지 못하던 부모님이나 등한시 했던 지인들을 한번쯤 둘러 볼 때다. 문자나 메일 등을 보내도 좋겠다. 기왕이면 정성이 담긴 편지면 더 좋겠다. 그 동안의 미안함이 조금은 상쇄될 것이다. 뿐만 아니라 새해를 맞이하기 위해서 버려야 할 것은 버리고 비워야 할 것은 비워야 한다. 새것을 담기 위해서 마무리와 함께 새해를 위한 준비를 해야 할 때가 12월이다. 늦었다고 생각할 때가 가장 빠른 때다.

빨간 자전거

우체부가 자전거를 타고 뚝방을 달려온다
달을 보며 피는 꽃 달맞이 꽃
기다림 절실한 길
두 바퀴가 초하의 햇살을 차르르 차르르 짤라 내면
한 통의 편지가 된다
보름달 같은 사람들이 사립문에 귀를 걸어놓는
저녁 무렵
편지낭 속 편지들은 저마다 닿고 싶은 손이 있어
우체부가 팔을 뻗을 때마다
그리운 얼굴로 울컥 안겨온다
한 통의 편지도 써 보지 않은 사람이 인생길을
다 가본 것처럼 우기면
우체부는 편지봉투 귀퉁이처럼 슬퍼지고
별 몇 개가 얼굴을 내미는 어둠 속을
빨간 자전거는
이마에 등불 하나 달고 또 다른 그리움을 찾아 간다

| 정성수의 아포리즘 |

빨간 자전거가 방울 소리를 내며 나타나면 괜히 좋았던 시절이 있었다. 우체부 아저씨가 편지낭에서 편지를 꺼내 들면 우리들은 서로 편지를 전달해주겠다고 손을 뻗기도 했다. 이제 빨간 자전거는 없다. 우체부 아저씨들은 자전거를 타고 따르릉거리며 다닐 만큼 한가하지도 않다. 시간이 금이라는 시대에 광속으로 가는 현실을 오토바이로 달려가도 따라 잡을 수 없다. 추억의 잔상으로 남은 빨간 자전거는 동화 속에서나 만날 수 있을는지? 어린 날 그 토록 갖고 싶었던 빨간 자전거는 이 세상 어디선가 꿈을 싣고 힘차게 달릴 것을 믿는다.

가을 우체국

늙은 우체국이 빨간 우체통을 앞세우고
키가 큰 은행나무 아래에서
가을이 되어가고 있었다
벽시계가 퇴근 시간이 되었다고
기침을 하자
은행잎들이 나비가 되어 지상으로 내려앉는다
나는 얼른 한 마리
나비의 심장에 우표를 붙여 그대에게 보냈다
샐비어 향기 가득한 간이역에서 하모니카를 불던
소녀 같은 그대는
어느 하늘 아래서 울고 있는지
바람이 은행나무를 흔들자
은행나무가 하모니카 소리를 낸다
기억과 추억이 멈춰버린 우체국
은행잎 같은 별들이 캄캄한 밤하늘을 지키고 있다
그리움으로 봉인한 편지가
그대에게 당도할 때쯤이면
가을 우체국은

편지 한 장 써보지 않은 가난한 사람들을 위하여
나처럼 슬퍼질 것이다

| 정성수의 아포리즘 |

은근하면서도 뜨거운 마음을 전하는 데는 편지만큼 매력적인 것이 없다. 밤을 지새워 쓴 편지를 아침이면 다시 고쳐 쓰기도 했다. 그것은 하고 싶은 말이나 그리움을 확인하는 것이었다. 뜨겁고 애틋한 생각이 붉은 우체통이 되었다. 우체통은 사연들을 품고 있을 때 가장 아름답다. 핸드폰과 문자와 이메일에 밀린 편지는 잊혀져가는 추억이 되어 가고 있는 게 요즘이다. 한때는 우표에 찍힌 물결무늬의 소인을 따라가면 이 세상 어디든 흘러 갈 것처럼 생각했다. 편지야말로 말로서 다 할 수 없는 사연을 전달할 수 있는 마지막 통화구通話口다. 입으로 전하기 민망한 말들을 편지에 써 보내면 안 될 일이 없을 것이다. 당장 해볼 일이다.

종이배

편지를 썼지요 그 동안
사랑하는 당신께
망설임과
수줍음 가득한 편지를 썼지요

고치고 또 고치고 수없이 고쳐 쓴 편지를
보낼 용기가 없어
종이배를 만들어 강물에 띄웠지요

강물은 종이배를 싣고서
흘러 흘러
바다로 가겠지만
내 마음은 여전히 당신께 머물러 있지요

| 정성수의 아포리즘 |

2월 속에는 삭풍이 지나가고 봄을 기다리는 희망이 있다. 초록빛 생명을 불러내는 봄을 잉태하고 있다가 정작 자신을 드러내지 않는 달이 2월이다. 진정한 사랑은 희생이 있어야 빛나듯이 썩어야 할 밀알은 제때에 썩어야 한다. 2월은 끝없는 사랑이다. 자기를 들어내지 않으면서도 자신의 모든 것을 품었다가 나누어 주는 어머니 같은 2월! 2월이 짧은 이유는 3월의 앞에서 '나란히!'를 하는 어린이가 있기 때문이고 다시 2월이 짧은 이유는 봄이 오길 간절히 바라는 마음 때문이다. 벗은 나무들이 겨드랑이가 가렵다며 긁어달라고 자꾸 떼를 쓰는 달이다. 2월은.

내 마음 속의 우체국

건물들이 다닥다닥 붙은 큰길가에 우체국이 있다
요즘 우체통은 하루 종일
책상머리에 앉아서 볼펜을 돌리거나
긴 하품을 하는 것이 일과였다

어쩌다 한 사람씩 느린 걸음으로 와 우체국 안으로 들어간다
중년 여자는 정기예금 이자를 계산할 것이고
노인은 건강보험 신상품을 알아볼 것이다
그리하여 우체국은
잊었던 일들을 생각해 내고는 의자를 끌어당겨 앉기도 한다
나는 우체국의 슬픔을 말하지만
우체국이 불행하다고는 말하지 않겠다

전에 아이들과 우체국에 현장체험학습을 간 일이 있었다
머리통이 굵은 아이 하나가 왜 우체통은 빨갛냐고 물어
내 귓불이 빨개지기도 하고
한 여학생은 귀찮게 우표를 붙일 것이 아니라
돈을 부치면 간단할 것이라고 말하기도 해

여직원 앞에서 당황한 적이 있었다
사내아이들의 어깨에 힘이 들어가고 계집아이들의 가슴이 봉긋해 지면
그 질문들은 입을 가리고 웃을 것이다

밤새도록 편지를 쓰고 눈이 짓무르도록 답장을 기다리는 날은
괜히 사는 일이 시시해지고
까닭 없이 길을 떠나고 싶어진다
한 번도 우표 뒷통수에 침을 발라보지 않은 사람은 쓸쓸할 것이고
관 뚜껑이 닫히는 그날 까지
편지 한 장 받아보지 못한 사람들은 외로울 것이다
누군가 그립거나 눈물이 날 때
내가 나에게 편지를 쓰고 나에게서 받은 답장을 읽으면서
쓸쓸함과 외로움을 달래기도 한다

젊은 우체국장이 셔터를 내리면 수많은 차들은 라이트를 켠 채
어디론가 달려간다

나는 가슴속에서
잊었던 별 하나를 생각해 내곤 한 장의 편지를 써야겠다고 다짐을 한다

| 정성수의 아포리즘 |

요즈음은 편지 쓸 일이 거의 없다. 핸드폰과 이메일 탓이다. 우리는 디지털 시대에 살고 있지만 편지를 받으면 기분이 좋아지는 것을 보면 어쩔 수 없는 아날로그라는 것을 부인할 수 없다. 편지가 사라진 시대에도 여전히 편지를 그리워하는 사람들은 많다. 편지는 글로 주고받는 두 사람 간의 사적이고 은밀한 대화이기 때문이다. 왜, 나는 오늘도 너에게 편지를 쓰는가?

제2부

갑오년 첫날 편지를 생각함

올해는 고향에 계신 부모님께도 군대에 간 그 남자에게도
자주자주 편지를 쓰겠다는
제자의 편지를 받고 가슴이 따뜻해졌습니다
순간 잊었던 것들이 우르르 몰려 왔습니다
답장을 쓰는 동안 그리운 얼굴들이 편지지에서 샛별처럼 돋아나고
교실 속 풍경이 꽃처럼 피었습니다
오랜만에 맡아보는 종이냄새가
살아가는 일은 이런 것이라고 증거하고 있었습니다
사람들은 해야 할 일들을 뒤늦게 생각해 내고
지난날을 후회합니다
집배원아저씨의 붉은 오토바이와 낡은 편지낭便紙囊이
우리들의 사연을 기다리는 동안
아직도 늦지 않은 것은
편지를 쓸 날들이 많이 남아있다는 것입니다
마음과 마음을 묶을 명징하기 이를 데 없는 것은 한 장의 편지입니다

| 정성수의 아포리즘 |

말은 원산지에 따라 동양종과 서양종, 용도에 따라 승용마·경마·역용마 크기에 따라 조랑말(Pony)·가벼운 말(Light horse)·무거운 말(Heavy horse)로 구별한다. 우리나라에는 옛날부터 향마鄕馬와 호마胡馬라는 두 종류의 말이 있었다. 향마는 과하마果下馬 또는 삼척마三尺馬라고도 하며 과수나무 밑을 타고 갈 수 있을 정도로 왜소한 품종이다. 호마는 하마보다 큰 중형마이다. 현존하는 우리나라 유일의 재래마로 제주마가 있다. 제주에는 영주십경瀛州十景이 있는데 그 중 하나가 고수목마古藪牧馬다. 지금도 5·16도로변 30만평의 도립마방목장馬放牧場에서 고수목마의 진수를 볼 수 있다니 참 다행이다.

짝사랑 편지

사람이 사람을 좋아하면 가슴 한 복판에
편지를 쓴다
정으로 바위에 글을 새기듯이 쓴
짝사랑 편지는
산을 넘고 강을 건너 한 사람에게 간다

두 손을 모아 기도하는 마음은
무지개가 되었다가
떨어지는 잎새처럼 절망했다가
어느 날
수취 거절되는 편지를
혼자서 보내고 혼자서 받는다

사랑한다고 썼다가 지우고
지웠다가 다시 쓴다
사람이 사람을 좋아하면서
쓰는 편지는
보내도 오지 않는 기다리면 더 오지 않는
편지가 된다

짝사랑을 해 본 사람만이 읽을 수 있는 편지를
쓸쓸한 편지를
나는 오늘 밤에도
메아리가 없는 빈 산자락에 쓴다

| 정성수의 아포리즘 |

사랑하는 사람에게 마음을 전하는 방법은 많다. 현대인들은 메일이나 문자를 보낸다. 얼마 전까지만 해도 편지나 엽서를 보냈다. 요즘은 날을 새면서 편지를 쓰는 사람도 없고 편지 한 장 받아보지 못하고 일 년을 지내는 사람들도 많다. 썼다가 지우고 다시 쓴 편지를 읽을 기회조차 없는 게 사실이다. 디지털 시대가 진일보 할수록 편지는 사라지겠지만 그 옛날 편지 속 그리움만은 잊지 못할 것이다. 사랑하는 사람에게 편지를 써 본 사람들은 안다. 밀봉하면서 내밀한 연심이 전해지기를 간절히 바라던 그 때를 '영이야~ 사랑한다! 철수씨~ 저두요!' 사랑의 메아리가 가슴을 파고들지 않는가?

오월의 편지

오월에 편지를 쓰는 것은 오월이 싱그러워서가 아니라
오래오래 기억하고 싶은 사람들이 많기 때문입니다

우표에 침을 발라서 그대에게 부치는 것은
내 입술을
그대에게 보내는 것입니다

내 마음에 우표를 붙여 우체통 안으로 밀어 넣는 것은
내 사랑이
그대의 가슴을 열고 싶은 까닭입니다

편지가 날개를 달고 골목마다 집집마다 찾아가는 것은
내 사랑 처럼
세상 모든 이 들에게
사랑을 전하고 싶은 오월이기 때문입니다

| 정성수의 아포리즘 |

편지란 소식을 알리거나 용건을 적어 보내는 글이라는 것은 누구나 다 아는 사실이다. 편지는 한번 써놓기만 하면 수년 또는 수십 년 뒤에도 얼마든지 읽을 수 있다는 장점이 있다. 우리가 쓰는 생활문이나 독서 감상문, 설명문 등은 아무나 읽을 수 있는 글이지만 편지는 받아 읽는 사람이 정해져 있는 내밀한 글이기 때문에 받는 사람이 누구냐에 따라 적절한 예절을 지켜야한다. 5월은 가정의 달이다. 어린이날에는 자녀에게, 어버이날에는 부모님에게, 스승의 날에는 선생님에게 한통의 편지를 보내자. 편지를 써 누군가에게 보내는 것은 받는 사람에게 기쁨을 주는 일이자 나 자신의 기쁨이다.

흔적

그대에게 편지를 쓴다
장맛비 같던 그대가 잠든 시간을 가로질러
여명이 밝아올 때 까지

처마 끝에 떨어지는 빗방울 마다 목도장에 이름을 새기듯이 쓴 편지

끝나지 않을 것 같은 우리들의 이야기가
유리창을 타고 흘러내리면
투명한 것은
모두 사랑이 울고 간 흔적이다

충혈된 내 눈을 받아 줄 그대는
지금쯤
이 세상 어느 곳으로 답장을 쓰고 있는지

오랫동안 끌어안은 날들이
하염없이

눈물처럼 떨어지면
부치지 못한 편지가 빗소리를 내며 흐느낀다

| 정성수의 아포리즘 |

이별의 종착역은 가도 가도 보이지 않는 역이다. 실연의 아픔은 아까징끼를 발라도 소용이 없다. 이별을 치유할 수 있는 것은 오직 세월뿐이다. 시간이 흐르면 상처는 아문다. 다시 돌아 올 것이라는 생각에 문을 열어 놓지마라. 이별이 힘든 것은 그리움 때문이 아니라 이제 혼자라는 두려움 때문이다. 잊어야 하는 슬픔 때문이다. 더 가슴 아픈 것은 한 사람을 사랑했기 때문이다. 살아가면서 가장 행복했던 순간은 그대가 내게 다가오고 있다는 것을 눈치 챈 때였다. 오늘도 창가에서 그대에게 편지를 쓰나니 사랑이여! 만날 때 기뻤던 것처럼 돌아설 때 슬프지 않기를…

강물 엽서

강가에서 제비꽃 한 송이가 눈시리게 강물을 바라보듯이
이 나루터에서
그대의 이름을 사무치게 부르는 것은
죽어서도 잊지 못할 것 같은 그리움 때문입니다

수많은 밤을 뜬 눈으로 지새우며 상심의 시간을 견뎌내는
것은
그대의 세상과 나의 세상을 한데 묶는 일입니다

이 밤 강물엽서를 띄우는 것은
새벽강을 건너
우리들의 푸른 섬까지
온전하게 가겠다는 뜻이 옵니다

| 정성수의 아포리즘 |

내게 왜 편지를 쓰느냐고 묻는다면 꼭 할 말이 있어서가 아니라 그리움으로 물들어 있기 때문이고 떠난 사람에게 얼룩진 내 모습을 보이기 싫어서라고 대답하겠다. 가슴 한구석이 허전한 날, 편지를 쓰는 것은 먹장구름처럼 흐린 가슴에 한사람을 그려 넣는 일이다. 내 인생에 중요한 것을 잃은 뒤 훨씬 더 자랐고, 새로운 환경에서 다양한 사람들과 만나 나는 누구인지 명확하게 들여다 볼 수 있었다는 것이다. 그럼에도 불구하고 이 밤에 편지를 쓰는 것은 세월의 모퉁이에서 슬픈 얼굴로 오고 있는 한 사람 때문이다. 한 장의 편지를 쓰는 것은 내가 나를 위로하는 것이었다.

옛사랑

길을 가다가 우연히 길가에 서 있는
우체통을 만났습니다
수많은 낮과 밤을 주고받던
옛사랑이었습니다
귓불이 붉게 물든 옛사랑은 오래만이라고
수줍게 말했습니다
나는 아직도 식지 않은 가슴을 열어 보였습니다
옛사랑은 그 때 왜
등을 보여줬느냐고 물었습니다
나도 모르겠어요 왜 그랬는지
그 뒤로 오랫동안 당신이 궁금했지요
우체부가 마을 입구에 들어설 때마다 기다렸지요
소식이 올 것이라는 생각이
수십 년을 밀려왔다 밀려갔지요
옛사랑의 눈가에 눈물 그렁그렁합니다
어느 골목 이름도 없는 다방에서
한잔의 슬픔을 나눠마셨던
사랑 옛사랑은

이제 골목에서 우체통이 되어
한통의 편지를 기다립니다
이 세상에서 붉은 것은 다 옛사랑입니다

| 정성수의 아포리즘 |

한때 밤잠을 설치게 하고 가슴을 두근거리게 했던 사람, 생각만 해도 눈물이 났던 사람, 쳐다보면 볼수록 마음이 따뜻해져 오던 사람, 추억 속에서 애틋이 다가오는 사람은 모두 옛사랑이다. 옛사랑은 동화 속 왕자님이나 공주님처럼 밤하늘의 별 같은 존재다. 세월이 흐른 어느 날, 옛사랑을 길가에서 우연찮게 만났을 때 누군들 심장이 쿵쿵거리고 입이 말라가지 않겠는가? 그러나 차라리 만나지 않는 편이 나을 수 있다. 사랑했던 사람에게 받는 실망감에 아름답게 간직한 추억마저 한순간 퇴색 될 수 있기 때문이다. '옛사랑은 옛사랑일 뿐…'이라는 말이 있다. 생각하면 그립고 만나면 괴로운 옛사랑이여! 오지도 말고 가지도 마라.

혓바닥 우표

그대에게 편지를 부치려고 우체국에 왔습니다
오늘 따라 창구에 앉은
여직원의 얼굴이 달덩이 같습니다
우표를 받아 든 나는
혓바닥을 쓱 내밀어
우표의 뒷통수를 핥았습니다
소가 혓바닥으로 제 콧구멍을 핥듯이
여기서는 혓바닥을 내밀어도 우표의 뒷통수를 핥아도
아무도 웃지 않습니다
뒤에서 순번을 기다리는 손님도 당연하다는 듯이
혓바닥에 힘을 줍니다
이마에 우표를 붙인 편지는
소가 느린 침을 흘리며 온몸으로 달구지를 끌고
하룻길을 가듯이
산을 넘고 강을 건너
그대에게 당도할 것입니다
받아주십시오 그대
내 혓바닥 우표 이마에 붙인 사랑의 편지를

| 정성수의 아포리즘 |

거리나 골목에 있던 우체통들이 사라진 것을 보면서 편지 쓰는 사람이 확실히 줄었다는 것을 실감을 한다. 편지는 이메일, 문자 또는 전화로는 비교가 안 되는 감동을 준다. 생각을 많이 하고 꼭 필요한 말만을 쓰기 때문이다. 특히 설득할 때 매우 유리하다. 정성 드려 쓴 편지는 돌아앉은 상대방의 마음을 사로잡기에 충분하다. 붉은 우체통이 그리운 계절이다. 설레는 마음을 쏟아 연애편지를 써 보내듯이 오늘은 자신에게 편지 한 장 써 보자. 마음 저 안으로부터 뜨거운 답장이 올 것이다.

문자로 말하는 세상에서

수십 년 전만해도 편지를 썼다. 호롱불 밑에 엎드려 연필에 침을 발라가며 쓴 편지지에 눈물을 붙여 보내기도 하고 웃음을 그려 보내기도 했다. 밀봉하면서 혼자서 수줍어하는 청년이 있었고 답장을 보내며 가슴 설레던 처녀가 있었다.

문자가 왔다. 핸드폰을 열자, 안부도 끝인사도 없는 풍경 하나가 삐쭉 얼굴을 내민다. 삭막한 것은 모두 본문에 있다. 짧고 날카로운 본문. 때로는 칼이 되어 마음을 긋기도 하고 상처를 내어 오랫동안 아물지 않는다.

문자로 말하는 세상에서 가끔 나도 너의 편지가 되고 싶다
사랑한다는 그 말, 귓불이 붉은

| 정성수의 아포리즘 |

요즘은 많은 사건들을 TV, 인터넷, 스마트폰 등 최첨단 통신 수단을 통해 현장에 있는 것처럼 안락의자에 앉아서 본다. 현대 문화는 눈으로 보는 문화가 되었다. 이런 것들은 건강에 치명적인 전자파가 나오고 유해 물질이 포함되어 있다. 비싼 요금과 음란물 접속으로 인한 청소년들의 정신건강의 저해와 사생활 노출 등 많은 문제점도 안고 있다. 정보화 시대에 들어서면서부터 편지의 소중함이 새롭게 대두 되고 있다. 정성을 들여 쓴 사람 냄새나는 글을 읽다 보면 가슴이 뭉클해지기도 한다. 디지털 시대에도 아날로그는 빛난다.

그리운 이에게 띄우는 편지

별이 밤에만 강물 위에 편지를 쓰는 것은
그리움이 강 속에 있기 때문이다
밤에 우는 강은
눈물을 흘리지 않는다고
강물이 봄의 문턱을 넘어가기 전에
편지를 쓰리라
꽃무늬 편지지에 꽃 같은 마음을 담아서 편지를 쓰면
낮에는 산 뒤에 숨었다가
밤에는 별이 되어 이별을 견디어 내는
강 같은 사람아
너에게 봄날 같은 편지를 쓴다
그리움이 뜨거울수록
강물은 소리치며 멀리 멀리 흘러간다
그리운 이여
강물이 마르기 전에 별처럼 반짝이어라
젖은 언어들은
등 뒤로 감추고
목숨 다하는 그 날까지 강물처럼 흘러가라

| 정성수의 아포리즘 |

미소로 시작되는 것이 사랑이다. 수많은 별 중에는 빈 가슴을 채워 줄 별 하나는 있다. 봄밤에 뜬 별은 볼수록 눈이 시리다. 먼데 있는 것들은 모두 이별이다. 사랑도 그렇다. 목 놓아 울고 간 봄밤을 지새우고서야 떠난 사람이 있었다는 것을 깨닫는다. 봄밤에 핀 꽃에도 향기가 있고, 봄밤에 우는 소쩍새도 눈물이 있다. 고백! 풀꽃향기처럼 애잔하고 조금은 쓸쓸한, 순수한 감정과 순결한 인연으로 시작하여 허무하게 끝나는. 흔적조차 지울 수 없을 때 더 아름다운, 그래서 고백은 꽃이다. 봄밤에는 울지 말 것 사랑이 간다고 슬퍼하지 말 것!

꽃 편지

IMF 때 직장을 잃고 남녘땅으로 농부가 되어간 친구에게서 참으로 오랜만에 편지가 왔습니다. 설중매가 피더니 진달래 꽃물이 산등성이를 타고 달게 달게 번져온다고, 복사꽃 향기가 울타리 위에 올라서서 자꾸만 눈짓을 한다고, 꽃을 보다가 문득 자네 생각이 났다고 편지가 왔습니다.

나도 답장을 썼습니다. 그래, 우리 집 베란다에도 봄이 오고 있단다. 군자란이 화분에서 기지개를 켜고, 십자매가 저희들끼리 털을 고르고, 앞산에서는 산벚나무가 곧 꽃망울을 터뜨릴 것 같다고, 편지를 쓰면서, 친구야, 자네 가슴에도 봄이 왔구나. 그 동안 IMF로 얼마나 추었니. 이 대목을 쓸 때는 연필에 침을 발라가며 꾹꾹 눌러 썼습니다.

| 정성수의 아포리즘 |

대한민국 외한위기 신호탄은 1997년 1월 대기업 하나가 자금난에 부도 처리되면서 부터다. 그 여파로 많은 실업자들이 발생하고 실직한 사람들은 산으로 강으로 방황하였다. IMF로 부터 550억 달러를 지원받았지만 한국 경제는 사실상 IMF의 법정관리에 들어가게 됐다. IMF를 극복하기 위한 국민의 노력 중 가장 빛나는 것은 '금모으기 운동'이었다. 돌반지 부터 금메달까지 받친 '금모으기 운동'은 전 세계를 통틀어 유일한 금융공황 극복 모범사례가 되었다. 요즘 혹자는 제2의 IMF가 오는 것은 아니냐고 걱정을 한다. 금을 모으듯이 마음을 모으면 제2, 제3의 IMF도 걱정할 바 아니다. 문제는 미리미리 준비하고 대비하는 것이다.

지울 수 없는 편지

종이 위에 쓴 편지는
지울 수 있지만
가슴 복판에 쓴 편지는
지울 수가 없어요

오늘은 당신에게 편지를 씁니다

그립다는 말은 접어두고
가끔 가끔
생각난다고
편지를 씁니다

연필로 쓴 편지는
지울 수 있지만
마음으로 쓴 편지는
지울 수가 없어요

오늘도 어제처럼

당신에게
편지를 씁니다
이 세상 어떤 지우개로도 지울 수 없는
그런 편지를

| 정성수의 아포리즘 |

편지를 받을 때의 기쁨이 읽으면서 실망 때가 있다. 그나마 요즘에는 편지를 주고받는 일이 없어 기쁠 일도 실망할 일도 없다. 그러나 편지를 쓰면서 상대방을 생각하는 소중함에 가슴 뜨거워지는 것이 사실이다. 혼자 읽으면서 혼자가 아님을 절감하는 편지! 사람 냄새 풍기는 한 통의 편지를 받고 싶다면 먼저 편지를 써야 한다. 아직도 사랑한다는 육필 편지를 손에 들고 하냥하냥 우체국으로 향하는 사람은 누가 뭐래도 행복한 사람이다. 성하의 계절 6월의 문을 열고 들어서자 천국으로 간 전우에게 가슴으로 편지를 쓴다는 사람이 생각나는 밤이다.

바닷가에서

손을 내밀면 마음을 주는 것이 사랑이라고
지는 해를 보며 어깨를 포개는 것이
사랑이라고
그대 젖은 목소리가 들리는 백사장에서
빈 하늘에 편지를 쓴다

그때 우리는 사랑을 사랑한다고 말하지 말아야 했으며
다만 사랑을 사랑했어야 옳았으리라
그대가 떠나간 후
파도는 눈물을 그렁그렁 달고
수 없이 백사장에 와서는 포말로 부서졌다

못 다한 말들이 수평선 끝으로 일몰로 사라질 때
지상에는 어둠이 오고
사랑은 흔적조차 없었으니

그때부터 그대가 남긴 깨알 같은 말들은
편지 속에서

밤을 새워 뒤척이었다
그리하여 천천히 아주 천천히
여름이 가고
그대는 단풍 같은 별이 되었다

| 정성수의 아포리즘 |

혹서가 오면 바다로 계곡으로 바캉스를 떠나는 사람들이 많다. 아파트 주자장이 비어있고 거리가 한산하다. 바캉스는 선조들의 물맞이 풍속인 유두절과 비슷하다. 유두절은 음력 유월 보름으로 복중伏中에 들어 있으며 유둣날이라고 한다. 이날은 처녀들이 맑은 시내나 산간 폭포에 가서 머리를 감고 몸을 씻은 뒤 가지고 간 음식을 먹으면서 서늘한 하루를 지낸다. 이를 유두잔치라고 한다. 선조들은 이미 바캉스를 즐기고 있었던 것이다. 바캉스 철 계곡이나 바다는 인산인해를 방불케 한다. 이제 낭비하고 피곤한 바캉스가 아니라 즐겁고 추억이 남는 바캉스가 되어야 한다. 바캉스의 방법도 바꿔져야 할 때가 됐다.

구절초 향기

나는 가끔 군대에 간 막내에게 보낼 소포를 들고
우체국에 찾아가는데
갈 때마다 달덩이 같은 처녀 직원이 반색을 한다
소포뭉치를 내 놓자
오늘은 내용물이 뭐냐고 묻는다
겨울 내복이라고 대답을 하는 둥 마는 둥
속으로
이 아가씨를 함께 싸 보내면
막내가 따봉~
엄지손가락을 치켜들겠지?
엉뚱한 생각을 했다
의뭉스러운 내 마음을 아는지 모르는지
중량을 달고 우표를 붙이는
처녀 직원의
긴 손가락 끝에서
어머니의 사랑을 담은 꽃 구절초 향기가 피어오르고 있었다

| 정성수의 아포리즘 |

가을이면 생각나는 것들이 많다. 황금들판, 코스모스길, 노란 은행잎, 독서의 계절, 억새, 알밤과 도토리, 귀뚜리, 사과, 전어구이 등 헤아릴 수 없을 정도다. 가을이 오고 가도 생각나는 것이 없다는 사람이 있다. 좋은 것을 봐도 슬픈 일을 당해도 느낌이 없는 사람, 오직 황금에 눈이 멀어 허둥대는 그런 사람을 보면 가을이 쓸쓸하고 을씨년스럽게 느껴진다. 가랑잎 구르는 소리에 깔깔거리고 귀뚜리 울음소리에 눈물 짖던 감성이 풍요로웠던 시절의 기억들은 어디서 퇴색해 가고 있는지? 고독과 추억과 사랑을 꿈꾸며 가을 하루를 보내는 가을 같은 사람이 그리운 가을이다.

약속

새해 첫눈 내리는 날 만나자
그대는 소녀가 되고 나는 소년이 되어
우리 만나자
눈처럼 하얀 새 털장갑에 눈보다도 더 하얀 새 목도리를 두르고
순백의 골목을 지나
빨간 우체통이 편지를 기다리는
우체국 앞에서
첫눈 내리는 날 만나자
세상의 길이 미끄럽다 할지라도
군밤장수가 연탄 화덕 앞에 쭈그리고 앉아
가을 단풍잎처럼
두 손을 펴든 천막 위로 눈 내리는
새날에 만나자
첫눈 내리는 날 만나자고 약속한 사람들 때문에
첫눈은 천눈天目으로 내린다
사랑하는 사람들만이 천눈天目을 안다
그리움의 편지 한 장 들고서
우체국 앞에서 우리 첫눈 내리는 날 만나자

| 정성수의 아포리즘 |

한 해가 시작되는 새해는 달력만 바뀌는 것이 아니다. 새해의 참된 의미는 생각의 틀을 바꾸고 잘못된 습관을 바로 잡는데 있다. '고백론'을 쓴 로마의 철학자 아우구스티누스는 '새로운 시간 속에는 새로운 마음을 담아야 한다'고 했다. 목표가 있어야 희망 있다는 것이다. 새해는 개인이든 조직이든 목표를 정하고 희망을 향해 달려가야 한다. 용서 할 것은 용서하고 버릴 것은 버리고 끊을 것은 끊고 새로운 뜻을 정하고 새롭게 출발하는 자에게만 새해는 새해다. 돈 때문에 명예 때문에 사람을 잃지 마라. 먼저 웃고 먼저 사랑하고 먼저 감사하라. 사람이 재산이다.

12월의 편지

1.

내가 국군장병에게 12월의 편지를 쓴 것은 순전히 선생님의 얼굴이었다는 것을 이제 고백한다. 그때는 현실이었고 당연한 것이었고 순응은 참 편한 것이었다. 이제 생각해 보니 반항이나 거부를 몰랐다는 것이 참으로 다행이었다. 세상은 처음부터 계획적이었지만 아이는 순진하게 자랐다. 그 시절에 보낸 편지는 지금쯤 어느 능선에서 녹슬은 철모가 되었을 것이다.

2.

편지를 쓰는 일은 진실로 즐거운 일이다. 사랑하는 사람에게 친구에게 옛 스승에게 편지를 쓰는 것처럼 이 세상 어딘가에서 고부라지게 편지를 쓰고 있는 사람이 있을 것이다. 메일과 문자와 카톡이라는 문명의 이기에 짓눌려 사는 사람들아 또 마지막 달력이 넘어간다. 편지를 써라. 한 사람의 가슴에 첫 눈이 내린다는 생각에 가슴이 뜨거워질 것이다. 12월의 편지를 쓸 것을 나는 믿는다.

| 정성수의 아포리즘 |

60년대에는 위문편지를 많이 썼다. 국군장병은 물론 당시 파병으로 월남에서 근무하는 군인들에게 무더기로 편지를 보냈다. 위문편지는 부모님을 비롯한 가족들이 쓴 편지와 초, 중, 고 학생들이 쓴 편지 그리고 애인이 써 보낸 편지들이었다. 요즈음은 육, 해, 공 할 것 없이 각 군마다 홈피가 활성화되어서 굳이 우표 붙여서 쓰지 않더라도 인터넷으로 편지를 보낼 수 있는 세상이 되었으니 격세지감이다. 70년대에는 펜팔Penpal이 유행했다. 잡지 한 모퉁이에 자리 잡고 있는 펜팔 주소는 힘든 군대 생활의 윤활유가 되었다. 그 시절 위문편지를 받던 얼굴들은 어디서 추억의 한 편린을 씹고 있는지?

제3부

새해 아침에 띄우는 편지

원숭이 한 마리가 가만가만 다가 와
창문을 두드립니다

병신년 새해 아침

편지 낭을 어깨에 메고
빙긋이 웃으면

올해는 집집마다
재주 많은 아이들이 태어 날 것이고
골목에는
노랫소리 꽃처럼 환할 것입니다

누구라도 받아주세요
붉은 원숭이가 새해 아침에 띄우는 편지를

| 정성수의 아포리즘 |

'병丙'은 붉은색을 상징하고 '신申'을 상징하는 동물은 원숭이다. 2016년 병신년丙申年은 붉은 원숭이 해다. 원숭이는 인간과 외형이 가장 많이 닮았을 뿐 아니라 부모 자식 간의 사랑이 극진하고, 협동하는 능력이 있다. 인간 못지않게 섬세한 감정과 높은 지능을 가진 동물이다. 매우 영리하고 활발해서 동물원에 가면 어떤 동물보다 인기가 많다. 영리하고 활발한 원숭이들처럼 새해에는 모든 사람들이 위기를 극복하고, 활기찬 기운을 곳곳에 가득 채우면 좋겠다. '천간天干' 중 '병丙'은 화火를 의미하는 것처럼 활활 타오르는 불같은 열정으로 살아가기를 기원한다.

2월의 편지

친구에게서 2월이 간다고 곧 봄이 온다고
편지가 왔다
간간히 눈발이 쏟아져
늦추위가 심술을 부리는데
봄은
매화나무 가지에서 돋아
흰 듯 붉고 붉은 듯 흰 꽃들이 벙글고 있다고
남쪽에 사는 친구에게서 편지가 왔다

나는 울타리 가에서 겨울을 벗는
매화나무에게 갔다
가지마다 꽃등을 걸고 다소곳이 서 있는
매화의 얼굴이 환하다
조금은 부족하고 짧은 2월의 끝자락에서 매향을 맡으며
답장을 썼다
2월이 가기 전에 얼굴 한 번 보자고

| 정성수의 아포리즘 |

2월은 어정쩡한 달이다. 겨울이 끝나지 않는 1월과 본격적으로 봄을 알리는 3월의 틈에 끼어 엉거주춤 와서는 슬그머니 가버린다. 겨울의 끄트머리에서 겨울 대접도 제대로 못 받고 그렇다고 초봄이라고 부르기에도 애매한 달이다. 겉으로는 잠잠한 듯 평화로워도 내밀한 술렁거림을 잠재울 수는 없는 정중동靜中動의 달이 2월이다. 햇볕이 여릿여릿하다 해서 얕잡아 보아서는 곤란하다. 생명을 일깨우고 씨앗을 부풀리는 위대한 빛은 한여름 땡볕이 아닌 초봄이 오는 길목에 있다. 염소꼬리만한 2월이라고 깔보지 마라.

요즘 편지

사나흘 걸려서 가는 편지는
구닥다리가 되었습니다
편지를 쓰는 것도 편지를 기다리는 것도
성질 급한 사람은
제 성질을 못 이겨 뛰다가 자지러집니다
느려터진 편지가 한때는
당신과 나 사이에
사랑이라는 강을 만들었습니다
깊고 푸른 강물을 보면서
우리 사랑이
먼 세월까지 흘러갈 것을 믿었습니다

요즘 당신이 내게 보내는 메일은
몇 분이면 씁니다
내가 당신에게 보내는 문자는 단 몇 초면 갑니다
우리가 주고받는 카톡은
번갯불에 콩 튀겨먹는 시간보다 더 빠릅니다

밤을 새워 쓴 편지를
밥풀로 봉인하고 우표를 붙이는 것은
아직도 이 세상 어딘가에
우체통처럼 붉은 심장을 갖은 한 사람
당신이 있기 때문입니다

| 정성수의 아포리즘 |

1초에 340m를 날아가는 소리는 안타깝게도 귓가에 맴돌다 사라질 뿐이다. 편지는 두고두고 읽어 볼 수 있어 반영구적이다. 풀 한 포기 꽃 한 송이가 지상에 존재하는 이유가 너 때문이라고 하거나 너와 함께 바라 볼 때 의미가 있다는 편지를 읽을 때 귓불은 빨게 진다. 요즘에는 컴퓨터에 초안을 잡고 수정을 가해서 메일을 완성한다. 이런 메일은 기상 상태에 영향을 받지 않고 오고 가지만 편지는 날씨가 좋지 않으면 전달이 지연되거나 훼손 또는 분실 될 수도 있다. 편지는 감성이 있지만 메일은 감정이 없다. 편지가 나무로 지은 집이라면 메일은 모래밭에 지은 누각이다.

5월에게 부치는 편지

어린이는 어린이에게 편지를 씁니다
붓꽃같은 연필을 꾹꾹 눌러 쓴 편지가 당도하는 날
그래서 어린이 날입니다
자식들은 어버이에게 편지를 씁니다
조석으로 대하면서 고마운 줄도 모르는 불효가 판 치는 날
그래서 어버이 날입니다
제자들은 스승에게 편지를 씁니다
말썽만 부렸던 죄송한 마음이 문득 생각나는 날
그래서 스승의 날입니다

근로자의 날도
로즈데이도
성년의 날도
부부의 날도

5월의 꽃처럼 지천으로 피어라 어린이들아
5월의 하늘만큼 사랑합니다 아버님 어머님
5월의 교정에 서면 생각할수록 그리운 스승님

오!
싱그럽게 날아가 사랑하는 사람의 가슴에 꽃물로 번지는
편지여
5월의 편지여

| 정성수의 아포리즘 |

우리들의 5월은 화창和暢하고 백화는 난만爛漫하다. 생명이 약동하여 천화만초千花萬草가 앞 다투어 피어나는 5월은 언제부터인지 4월을 대신하여 '잔인한 달'로 바뀌고 있다. 근로자의 날, 어린이 날, 어버이 날, 스승의 날, 성년의 날, 부부의 날 등 돈을 써야 할 날들이 많은 달이기 때문이다. 알고 보면 5·16과 5·18이 있는 5월은 잔인한 달이 아니라 '슬픈 달'이다. 흔히들 5·16을 헌정질서 중단시킨 쿠데타라고 하고 5·18을 광주민주항쟁이라고 한다. 5월은 계절의 여왕이라는 명성과 함께 어두운 그림자가 있다. 밝음과 어두움, 행복과 불행은 항상 붙어 다닌다. 기쁨과 슬픔이 함께 존재하는 달 5월이다.

여름 편지

그대를 만나러 서둘러 여름을 건너갑니다
지난 날 나쁜 기억들을
모두 지우고
마음의 뜨락에 다시 태어난 지금
그대에게 몸보다 먼저
마음이 갑니다

내가 상처 받았던 날들
나로 인해 그대가 가슴 아팠던 일들을 생각하면
여름의 파편 같은 슬픔이었다는 것을
깨달은 지금
손을 내밀어 용서를 구합니다

태양이 서산 뒤에 잠들기 전 나를 낮추어
세상의 일들을 모두
그대에게 귀결시켜
외롭고 쓸쓸하지 않도록 태양처럼 뜨겁겠습니다

| 정성수의 아포리즘 |

여름은 1년 중 가장 많은 꽃들이 핀다. 아카시아꽃, 밤꽃, 치자꽃, 함박꽃, 조팝꽃, 산딸나무꽃, 층층나무꽃, 노각나무꽃 등 생태학적인 면과도 관계가 있다. 꽃 중에는 봄부터 연달아 피는 것이 있는가 하면, 짧은 동안 꽃이 피고 열매를 맺는 것도 있다. 여름은 일 하는 계절이다. '여름에 하루 놀면 겨울에 열흘 굶는다'는 속담은 개미처럼 부지런히 일해야 한다는 단적인 표현이기도 하다. 또 여름은 덥기 때문에 노출이 심해 '여름 살은 풋살'이라고도 한다. 여름은 풍성한 과일들이 생산되어 식생활이 다채롭다. 여름의 과일로는 수박과 참외가 대세다. 여름이 절정에 다다르면 복숭아와 포도가 미각을 자극한다. 입안에 단물이 드는 여름이 기울기 시작하면 사과와 배는 물론 감이 가을빛을 받아 가며 가을이 되어 간다.

우체사郵遞士

우체부가 길을 당겼다 놓았다하면
길은 길이 된다
세상으로 나가는 문을 열고 닫는 사람은 우체부다
편지낭을 어깨에 메고
빨간 오토바이 엑셀리터를 밟으면
바퀴살에 잘린 가을빛이 풍성한 수확이 되어
골목을 가득 채운다
한겨울 눈길을 오르내리다 보면
오토바이가 벌러덩 드러누울 때가 있다
넘어진 오토바이를 발로 차며
엉엉 울고 싶은 우체부가 없는 세상은
캄캄한 세상이다
내가 보낸 편지는 늘 쓸쓸했지만
우체부가 들고 온 답장은
가슴 설레는 것이었다
그리하여 나는
오늘부터 우체부郵遞夫를 우체사郵遞士로 부르기로 했다

| 정성수의 아포리즘 |

모든 직업에 전문성을 인정하는 세상이 되었다. 식모를 가정부에서 가정관리사로 부른다. 학교에서 잡급직으로 일하는 사람을 소사에서 용인이라 부르더니 기능직공무원으로 격상했다. 교사는 훈장어른에서 요즘은 선생님이라 부른다. 물건 흥정을 붙이는 직업을 거간꾼에서 복덕방아저씨라고 하더니 공인중개사로 대우한다. 간호원을 간호사로 부르는 것도 오래전 일이다. 우편물을 거두어 모으고 배달하는 우편집배원은 우체배달부, 우체부, 체전부, 우편체전원 등으로 부르며 사용하고 있다. 정확한 명칭은 '집배원'이다. 그렇다면 일반적으로 부르는 우체부郵遞夫를 우체사郵遞士로 호칭을 하는 것은 어떨는지?

저녁 창가에서

이 가을에 편지를 씁니다
그대에게 보내는 편지가 길면 길수록 꼭 답장이 올 것만 같아서
노을 붉게 타는 저녁 창가에 앉아
편지를 씁니다

한 때 내가 미워했던 사람조차 등 뒤에서
빙긋이 웃고 서 있을 것 같은 이 가을
소슬한 가을
낙엽~ 우수수 지면
세월~ 쓸쓸히 가겠지만

누가 압니까
희미한 옛사랑이 찾아와 행여 창문이라도 두드릴지

이 가을이 가는 동안
차마 그대를 버릴 수 없어
지워지지 않는 볼펜으로 편지를 씁니다

| 정성수의 아포리즘 |

가슴속에 한 사람이 있다는 생각으로 하루를 산다. 바람 부는 가을날이면 한 사람을 그리워하며 창 넓은 창가에 홀로 앉아 커피를 마신다. 거리에는 수많은 사람들이 오가고 은행잎이 가을을 이기지 못하겠다고 바람소리를 내면 혼자라는 생각은 혼자가 된다. 지나간 것들은 미소가 되고 행복이 되고 끝내 슬픔이 된다할지라도 이 가을 그리운 것들을 돌아본다. 어디선가 나처럼 바람 부는 창가에 앉아서 떠나간 사람을 생각하는 한 사람이 있는 세상은 슬픈 세상이 아니라 그림 같은 세상이라고 나를 위로한다.

오래된 우체통

골목에서 누군가를 기다리는 일도
길가에 쪼그려 앉는 일도
슬픈 일이다
온다는 기약조차 없는 사람을
눈이 시리도록 그리워한다는 것은
더 슬픈 일이다

자고 나면 생은 여전히 슬퍼질 것이고
그림자처럼 캄캄하게 슬퍼질 것이고

목구멍까지 차오르는 격정을 삼키며
당신을 기다리는 동안
세월은 우편배달부처럼 낡은 자전거를 타고
바람처럼 지나간다

편지를 부치고 돌아오는 오후가 쓸쓸한 날
아득하게
안개 속에서 아득하게

나는 다하지 못한 말들을 가슴에 담고
오래된 우체통이 되어 당신을 기다린다

| 정성수의 아포리즘 |

삶은 기다림의 연속이다. 기다림 속에는 인생 4고四苦인 생로병사生老病死와 7정七情인 희로애락애오욕喜怒哀樂愛惡欲이 들어 있다. 기다림은 자신과의 싸움이고 상대를 위한 배려다. 기다림의 끝에는 사랑이 있다. 사랑을 위해서 만나야 할 사람은 바라보는 것만으로 행복해지는 사람. 미소라도 보내고 싶은 사람. 때 묻지 않은 산소 같은 사람. 마음이 비단결 같이 고운사람. 마음을 나눌 수 있는 사람. 함박웃음 지으며 내게 올 것 같은 사람. 오늘은 더욱 보고 싶은 사람이다. 불면과 외로운 밤이 지나면 아침 햇살이 창문을 두드릴 것이라는 희망이 기다림이다. 기다림은 그리움이다. 그립기에 기다리는 것이다.

추야장秋夜長

귀뚜라미가 우는 까닭은 가슴에 뚫린 구멍이 어두워지기 때문이다

하루가 방황이고 삶의 끝이 벼랑인 사람들
사는 일은 막막한 탐색일 뿐
울화와 분개심을 씹을 때 가을나무들은 미친 듯이 잎을 떨어냈다

달빛 쏟아지는 밤 앞마당에 나가 국화향기에 마음을 적셔 본 사람은 이승이 혼돈이고 허무라는 것을 안다
이 가을 마루 밑에서 추야장秋夜長 우는 귀뚜라미도 엎드려 편지를 쓴다

캄캄한 동굴을 빠져나가는 묘안을 알고 있는 그대에게 삶의 지혜 한 수 배우고 싶어
귀뚜라미 울음소리를 귀에 건다

| 정성수의 아포리즘 |

가을은 사랑에 미치는 계절이다. 붉게 물든 단풍잎 하나를 주워 사랑하는 사람에게 주고, 눈 시리도록 푸른 하늘을 향해 소리치면 가슴이 뻥 뚫린다. 가을에는 사랑하는 사람과 영원히 변치말자고 언약을 하기도 한다. 국화 향기가 나는 그런 사람과 고즈넉한 찻집에 앉아 차 한 잔을 앞에 놓고 눈빛만 바라보아도 미소가 절로 솟는다면 금상첨화다. 멀리 산등성에 핀 은빛 억새가 사람을 사람답게 만드는 계절이다. 가을이 가기 전에 보고 싶은 사람, 그리운 사람을 만나 인연의 끈을 단단히 묶어야 한다.

나는 계속 편지를 쓸 것이다

사랑하면 날마다 편지를 쓴다 수취인이 없을지라도
사랑하면 날마다 편지를 받는다 발신인이 없을지라도

마음의 우체통에서 꺼낸
편지를
가슴에 안고 바라본 하늘이 파랗다
사랑한다는 말 때문에
내게는 당신뿐이라는 그 말 때문에

한통의 편지를 써 본 일이 없는 사람들을 위해서
한통의 편지를 받아 보지 못한 사람들을 위해서

열정의 여름이 가고 낙엽 쓸쓸히 진다 할지라도
흰눈이 세상을 덮을 때 까지
나는 계속 편지를 쓸 것이다
종이에도 쓰고
가슴 복판에도 쓰고
사랑하는 사람들을 위해서 사랑 받는 사람들을 위해서

| 정성수의 아포리즘 |

편지의 겉봉에는 발신인과 수취인이 있어야 제대로 전달된다. 내용물인 편지 형식은 서두 · 본문 · 결말로 나뉜다. 서두에서는 호칭, 계절 인사, 문안, 자기 안부를 적고, 본문에서는 사연을 밝히며, 결말에서는 끝인사와 날짜, 이름, 서명 등을 넣는다. 편지는 읽을 대상이 정해져 있다는 것이 다른 글과의 차이가 있다. 글의 종류 상 수필에 속하지만 일정한 형식을 가지며, 예절을 갖추어 써야 하는 실용적 글이다. 목적에 따라 다양하게 쓰는 편지는 요즘은 그 역할을 이메일, 문자 메시지, 카톡 등이 대신하기도 한다.

낙엽이 보내온 엽서

한 생을 살아오는 동안 누군가에게
위로 한 번 되지 못했습니다
한 때는
길손들에게 한 자락의 그늘을 내주고
혈맥에 흐르는 진액을 뭉쳐
새들의 허기를 채워주었습니다
그것도 모자라 남은 살점을
산짐승들에게 나눠주기도 했습니다

아! 그리고는 가볍게 낙엽이 되어
땅으로 내려앉았습니다
세월의 뒤안길을 향해 세상을 건너가는 이여
혹여 누군가를 무참히 짓밟고
여기까지 오지는 않았는지
뒤돌아보세요
분노와 원망의 눈동자가 보이지 않는지
스산한 내 노랫소리 들으시면서

| 정성수의 아포리즘 |

입사 시험에 연속 실패한 젊은이를 위로한답시고 '힘내라고' '걱정 마' 라든가, 암에 걸렸다는 진단을 받은 환자에게 '극복할 수 있어' '평소에 운동을 했어야 하는데' 등 상투적인 말은 사실 효력이 없다. 물론 좋은 의도였다고 생각할 수 있지만, 자칫 상대의 고통을 아무렇지 않게 여기는 것 같은 인상을 받을 수 있다. 뿐만 아니라 미래를 예견한 듯한 말들은 상대에게는 입에 바른 말이거나 헛말처럼 들릴 것이다. 위로의 말이 상처가 된다면 이런 경우 침묵이 금이다. 옆에서 조용히 바라봐 주는 것이 훨씬 효과적이다. 고통은 마음속에 있고 마음이 환해지면 고통은 사라진다.

이 가을에 띄우는 편지

그대 잠못 이뤄 서성이는 가을밤에는
댓돌 아래 귀뚜리의 노랫소리 들으시라
이제 달궈진 여름밤도 식어 버리고
저물어 가는 소돔의 도시에는
그대가 잃어버린 귀걸이 같은 초승달 하나
하늘 한 귀퉁이에 걸리어 있다
천지간에 낙엽으로 내리는 핏기 잃은 달빛이
잠의 뿌리까지 흔들 때
온몸으로 노래하는 영혼의 순례자 귀뚜리여
떠나거라
이 가을이 가면 겨울이 얼어붙은 방울을 울리면서
그대의 시린 마음을 칼바람으로 난도질하기 전에
그대 불면의 창가에서 고독을 깨물어도
지상의 축제는 서럽도록 끝났느니

| 정성수의 아포리즘 |

가을이라는 말에는 쓸쓸함이 묻어있다. 뜨겁던 여름은 가고 삶은 낙엽이 되어 지상으로 지상으로 내려앉는다. 황금 들판도 수수모가지에 달라붙은 참새 떼들도 가을이라는 말에 가을이 된다. 한여름 푸른 위엄을 자랑하던 나무들은 옷을 하나씩 벗어 던지며 나신이 되어 감을 부끄럽게 생각한다. 황혼 뒤로 사라진 사람은 돌아올 수 없는 계절이 가을이다. 한번쯤 이별을 해 본 사람은 가을을 안다. 이 가을에는 견디는 일만 남았다. 어디론가 떠나고 싶어지면 당신은 가을이다. 사람이 그리워지면 당신은 분명 가을이다.

겨울강이 남긴 쪽지

눈발이 날린다

늙은 강 어깨에서 발목까지
시린 눈
내린다

지난 밤 어디에서 한잔 꺾었는지
아직도
두 눈에 핏발 섰다

봄여름가을 잘 살아 왔다고
이 몸 죽어가서 투명한 물방울 되겠다고
두 주먹 불끈 쥐고
미련없는 투신을 한다

거치른 들녘을 가로지는 겨울강이
혈서 같은
쪽지 한 장 남기고
강 가장자리부터 슬슬 얼음장을 깐다

| 정성수의 아포리즘 |

쪽지는 작은 종이에 글을 적어 다른 사람과의 소통 수단이다. 작은 조각이라는 의미의 '쪽'과 종이를 뜻하는 한자 '지紙'의 합성어로 결국 '작은 종잇조각'이라는 의미다. 글을 써서 소통하는 수단인 쪽지는 '글쪽지'라고 한다. 쪽지에는 은근슬쩍이 묻어있다. 어설픈 문장의 쪽지를 몰래 여학생의 가방에 넣고 새가슴이 된 시절이나 쪽지를 주고받는 사람들에게는 쪽지의 효용성이 제 구실을 다 한 것이다. 나중에 참고하기 위하여 글로 간단하게 적어 두는 메모는 순수한 우리말로 '적바림'이다.

편지함

당신의 집을 찾아갔지요
참 다행이었어요
언젠가 당신이 준 열쇠가 내게 있었다는 게

문을 따고 당신의 방에 들어서자
당신은 없구요
당신과 나만이 아는
편지함이
젖은 눈으로 바라보고 있었지요
눈물을 그렁그렁 달고서

당신은 보이지 않구요
컴퓨터 키보드는 잠을 자고
마우스는
입을 굳게 다물고 있었어요

당신의 집에 당신은 없구요
내가 보낸 편지들이
시린 마음을 달래고 있었지요

백스페이스 바를 누르면서 돌아왔지요
편지함을 몇 번
쓰다듬어 보고 돌아왔지요

당신은 없고요 당신은 보이지 않고요
편지함에 꽉 찬 편지들이
저희들끼리 답장을 쓰고 있었어요

| 정성수의 아포리즘 |

사랑하는 사람들은 날마다 문밖을 내다본다. 그 사람이 오는지, 소식이라도 오는지, 귀를 안테나처럼 세우고 기다리는 것이다. 거기가 거기인 일상 속 마음이 흐린 날에는 커피 한잔을 앞에 놓고 회색 빛 편지를 쓴다. 짧은 안부에도 그리움을 나눠 마실 수 있는 그런 친구라도 있다면 좋겠다. 오래된 안부에서 묻어나는 그리움으로 뿌연 하늘 끝, 어디쯤에 있을 그 사람에게 그리움의 우표를 붙여 바람에게 보낸다. 오늘처럼 등 뒤가 가려울 때는 너에게 편지를 쓴다. 미워하기 때문에 편지를 쓴다.

겨울 엽서

꽃
다 졌습니다
낙엽
다 떨어졌습니다

질 것 지고 떨어질 것 떨어졌습니다
모두 눈물입니다

세상 휑합니다
드넓은 세상 채울 것은
눈 뿐입니다

눈 내리면 한 번 봅시다

| 정성수의 아포리즘 |

12월에는 모두 용서해야 한다. 미워했던 사람, 머리를 한 대 쿡~ 쥐어박고 싶은 사람, 할 것 없이 끌어안아야 한다. 용서는 남보다 자기를 먼저 용서할 때 가능하다. 한 해를 보내면서 참회하며 기도해야 한다. 12월은 끝이 아니라 새로운 시작을 위한 준비의 달이다. 현실의 12월은 들뜨고 요란하다. 건물마다 오색등이 충혈된 눈으로 세상을 바라보고 거리는 축제 분위기로 들떠 있다. 시간은 영원한 것이고 이 시간을 놓치면 무슨 일이 일어날 것처럼 호들갑을 떤다. 생은 아침 이슬이요 한바탕 꿈이다. 12월에는 다가오는 새해를 위해서 신발 끈을 질끈 묶는 지혜가 필요하다. 지나간 시간은 다시 오지 않는다.

제4부

봄 편지

매화나무가 흰 눈을 뒤집어 쓴 채
뜰 앞에 서있습니다
박새 한 마리가
어서 꽃을 피우라고 실가지 끝을 흔듭니다

흔들어야 비로소 오는 사랑

봄이 오는 줄도 모르고 꿈속을 헤매는 당신을
오늘도 흔들어봅니다
박새가 매화나무를 흔들듯이

| 정성수의 아포리즘 |

매화는 눈발이 흩날리는 이른 봄부터 꽃을 피운다. 매화는 화려하지도 않고 야하지도 않은 품격 높은 꽃이다. 하얀 꽃은 '백매白梅', 붉은 꽃은 '홍매紅梅'라고 한다. 매화나무는 꽃을 보기 위해 심는 '화매花梅'와 매실 수확을 목적으로 심는 '실매實梅'가 있다. 이름도 매화나무와 매실나무 양쪽을 다 쓴다. 옛날 임금님의 대변을 받아내는 그릇이 딸린 구조물을 매화틀(梅灰-/화장실)이라 하였다. 임금님이 일을 보고 나면 매화 그릇에 담긴 대변을 관리하는 '복이나인僕伊內人'이 그 일을 전담하였다. 매화틀과 매화그릇이라고 한 까닭은 덜 익은 매실을 청매라 하고 누렇게 잘 익은 매실을 황매라 하여 건강을 상징하는 임금님의 황금변을 황매에 빗대어 이른 것이다. 매화는 고결한 품위와 건강의 상징이었다.

아중호 연서

아중호 수변데크 위에서 서성거렸다
장대 같은 빗줄기에
흠씬 두들겨 맞으면서
아픈 것은 몸이 아니라 마음이었다
건지산은 여전 하느냐고
편지를 보냈던 그 여자가
내 가슴을 두드려
빗소리를 내고 있었다
나는 물먹은 스펀지가 되어
핸드폰을 날려도
돌아오는 것은 빗소리뿐이었다
아중호에 그 여자가 산다

| 정성수의 아포리즘 |

전주시 덕진구 우아동에 위치한 아중호는 본래 농업용수 공급을 위해 축조되어 오랫동안 아중저수지(인교저수지)로 불러왔다. 급격한 도시개발로 농업용수 이용은 물론 몽리구역蒙利區域 역할이 줄어들면서 전주시에서는 이곳에 수상광장과 수상산책로를 설치하였다. 그 결과 사계절 내내 전주 시민들과 관광객들이 즐겨 찾는 휴식의 명소로 자리매김하였다. 2015년 3월 28일 아중저수지에서 아중호로 이름을 바꿔부르는 선포식을 갖고 그때부터 아중호가 되었다.

풀꽃 편지

아무도 봐주지 않는
꽃 풀꽃아
너는 내 마음을 알고 있지?
왜 내가
밤마다 잠 못들어
온밤을 하얗게 지새우는지
아침에 뜨는 해도
내게 아무 의미가 없다는 것도
세상에는 수많은 꽃이 있지만
내가 풀꽃
너를 좋아하듯이
수많은 사람들 중에
그 여자를 좋아한다는 것을
풀꽃아 너는 알고 있지?

| 정성수의 아포리즘 |

풀꽃은 키가 작아 고개를 숙여야 보인다. 어느 꽃은 초록 잎에 묻혀 잘 보이지 않는다. 이름은 희한하거나 좀 거시기한 것들이 많다. 은방울꽃, 초롱꽃 같은 이름은 귀엽고 사랑스럽다. 봄맞이꽃은 예쁘다. 꽃다지, 양지꽃도 따뜻한 느낌이 든다. 비단풀은 화려하다. 쇠비름, 개비름은 소와 개가 생각나기도 한다. 닭의장풀은 좀 방정맞다. 며느리밑씻개는 야하면서 눈살을 찌푸리게 한다. 개불알꽃은 생각만 해도 얼굴 붉어진다. 풀꽃들의 이름이 천한 것은 귀한 자식일수록 이름을 천하게 지었다는 조상들의 슬기가 담겨있기 때문이다. 풀꽃의 이름은 곰곰이 생각하고 오래 생각하면 모두 예쁘고 사랑스럽다.

미안합니다

책꽂이를 정리하다가 책갈피에 꽂인 당신의 편지를 발견했습니다. 봉투는 누렇게 변하고 소인이 지워진 편지는 아직도 당신의 향기를 머금고 한 시절을 불러내고 있습니다. 편지를 읽는 동안 당신이 나를 한 번도 잊은 적이 없다는 대목에서 목울대가 먹먹했습니다. 멀리 와 버린 강물은 거슬러 흘러갈 수 없지만 강둑에 핀 당신의 반지꽃은 여전히 그 자리에서 향기롭습니다. 그리움은 언제나 앞산 뒤에서 서성인다는 것을 압니다. 봄여름을 건너와 한 장의 낙엽이 된 당신의 편지는 가슴 복판에 찍힌 화인이 되어 사는 일 하나하나가 눈물입니다. 내 인생에서 가장 아름답고 소중한 마음의 답장을 당신에게 보냅니다. 미안합니다. 사랑을 사랑할 줄 몰라서

| 정성수의 아포리즘 |

우리들이 사용하는 말 중에는 사랑합니다. 존경합니다 등 값진 말들이 많다. 그 중에서도 '미안합니다'는 나를 낮추면서 상대를 기분 좋게 하는 말이다. 이 말은 때에 따라서 커다란 보상을 가져다주는 가치 있는 말이 되기도 한다. 그러나 가장 쉬운 말인 '미안합니다'는 내 입으로 하기에는 자존심을 상하게 해서 망설여진다. 미안하다는 말은 가장 하기 어려운 말(Sorry seems to be the hardest word)이란 노래까지 있다고 하니 짐작이 가고 남는다. 미안할 때 미안하다고 말할 수 있는 사람은 용기와 지혜가 있는 사람이다. '미안합니다' 한 마디로 상대방 가슴에 남아있는 앙금을 씻어내고 지난날을 용서를 받을 수 있다.

거울에 쓴 편지

거울에 입맞춤을 했다
거울 저 편에 환영처럼 서 있는 당신에게
눈을 찡끗하자
당신도 눈을 찡끗한다
이 세상에서 내 마음을 알아주는 거울이 있어
내 맘대로
당신을 만날 수 있고
당신에게 입맞춤을 할 수 있다
거울에 쓴 편지가 설령 허무의 편지일지라도
내게 거울이 있는 동안
동쪽에서 핀 꽃이 서쪽에서 지는 순간까지
나는 당신을 사랑하고 말 것이다

| 정성수의 아포리즘 |

입맞춤은 성애性愛 표현으로 상대의 입에 내 입을 대는 상태를 말한다. 서양 예절에서 인사할 때나 우애 또는 존경을 나타낼 때 상대의 손등이나 뺨에 입을 맞추는 일을 입맞춤이라고 한다. '입맞춤'을 현대적 키스의 종류로 굳이 분류한다면 위아래 입술을 가볍게 밀착시켜 자극을 주는 '슬라이딩 키스Sliding Kiss'와 비슷하다. 요즘 사람들은 개와 입맞춤을 하기도 한다. 옛적 마당에서 기르는 개와 달리 안방 침대에서 같이 자고 호의호식好衣好食하는 반려견으로 대우를 받는 개들이다. 입맞춤을 개보다는 부모나 가족에게 해주면 얼마나 좋을까? 아쉬움이 크다.

오래된 편지

서랍 속에서 깊은 잠에 빠져 있는
편지 한 장 눈에 띈다
읽을수록 그립고 생각할수록 미안한 편지
그대가 보내 온
오래된 편지

사람들은 새것이 좋다고 하지만
나는
손때 묻은 책이 좋고
묵은 된장이 좋고
불알친구가 좋다
오래됐다는 것은 상하고 쓸모없는 것이 아니라
구수하고 속정이 깊은 것이다

오래된 편지 속에서
하모니카를 불던 솜털 보송한
그 여자가
옥수수 같은 이를 보이며 웃고 있다

| 정성수의 아포리즘 |

요즘 집에서 쓰지 않은 허드레물품이나 집구석에 처박혀 있는 물건들이 중고시장에 쏟아져 나온다. 이런 물건들은 나에게는 고물이지만 다른 사람에게 보물로 태어나는 경우가 많다. 오래 되고 낡은 물건이 고물古物이다. 보물寶物은 썩 드물고 귀한 가치가 있는 보배로운 물건을 말한다. 고물과 보물이 가지고 있는 공통점이 있다. '오래 되었다'는 것이다. 고물과 보물의 다른 점도 있다. 고물은 흔하고 보물은 흔하지 않다는 것이다. 고물이나 보물이나 단순히 물질적인 평가보다는 왜 고물로 전락했는지? 왜 보물로써 가치가 있는 지? 점검해 봐야 한다. 인간도 마찬가지다. 삶을 쓸모없이 산 사람은 고물에 가깝고 보배롭게 만들어 간 사람은 보물에 가깝다. 인간 고물이냐, 인간보물이냐는 그 사람이 죽고 난 다음 후세가 평가를 한다.

오늘은 편지쓰기 좋은 저녁

서랍을 정리하다가 오래된 편지
한 통을 발견했습니다
먼지를 뒤집어쓰고
귀퉁이가 바스락거리는 봉투 속에서
자고나면 더 그립다고
우체통처럼 붉은 귓불을 한
편지 한 통
내 가슴을 향해 수줍게 날아와서
심장 한 복판에 꽂힌 화살 같은
그대의 편지였습니다
편지를 읽으면서
얼굴이 화끈거리는 것은
모른 척 지내온 내숭스런 세월에게
내 마음을 들켜버렸기 때문입니다
희미해진 소인처럼 아득해진 날들이 그립거든
편지를 쓰십시오
길을 잃고 헤매는 사람들은
차마 다하지 못한 말들을 모아

가을빛 편지지에
연필을 꾹꾹 눌러 한 통의 편지를 쓰십시오
한 때 가슴속에 살림을 차렸던 사람에게
오늘은 편지쓰기 좋은 저녁입니다

| 정성수의 아포리즘 |

편지를 서찰書札, 서한書翰, 서간문書簡文이라고도 하며 엽서葉書도 편지에 포함된다. 또한 편지는 소식을 전달해주는 단순한 매개체 이상의 역할을 하는 동시에 소식의 전달자, 사랑의 큐피트, 흩어진 가족간 이음새, 진심의 폭로꾼, 외로운 사람의 위로자, 친선의 중매자 등 다양한 쓰임새를 가지고 있다. 전쟁터로 나간 나폴레옹은 편지로 조세핀에게 열애의 마음을 표현했고 나이팅게일은 부상병들이 고국에 보낸 편지 때문에 유명해졌다. 네루는 자기 딸에게 보내는 편지 형식을 사용해 1,569페이지나 되는 방대한 세계사를 썼다. 무엇보다 강한 편지의 상징은 '큐피트'이다. 오늘은 편지로 하트를 팡팡 날려 보자.

빨간 우체통

송천 우체국 앞 빨간 우체통이 허공을 바라보고 있다
입을 헤벌리고
오지 않는 소식을 기다리면서
하루해를 보낸다
이 세상에서 오지 않는 사람을 기다리는 것처럼
쓸쓸한 일이 없다는 것을 모르는
빨간 우체통

사랑하는 그대여
그대가 설령오지 않는다 할지라도
이 세상이 폭삭 주저앉는
그 날까지
송천 우체국 앞에서
장미 한 송이 사 들고
나는 그대를 원망하지 않겠다고 다짐을 한다

| 정성수의 아포리즘 |

빨간 우체통이 맨 처음 세상에 나온 것은 1852년 소설가이자 당시 우체국 직원이었던 '앤소니 트로로프'의 제안에서 시작됐다고 한다. 흥미로운 것은 이 사람이 당시 근무하던 곳은 영국 본토가 아닌 프랑스 가까이에 있는 섬 Jersey이었다. 빨간 우체통 그 가치를 인정받아 이듬해 영국 본토의 우체통에 적용되었다고 한다. 옛날에는 편지를 많이 써서 빨간 우체통이 배가 불렀는데 요즘은 편지를 쓰는 사람이 없다. 이제 편지를 쓰는 시대는 갔다. 따라서 우체통의 역할은 사라졌다. 외로움과 쓸쓸함이 빨간 우체통의 등을 쓰다듬어 줄 뿐이다.

부치지 못한 편지

누구는 사랑했기에 행복했노라고 말했지만
나는 사랑하기에 괴롭다
밤을 새워 편지를 쓰고 수 없이 읽으면서
이 편지가 사랑하는 사람 손에 쥐어지고
그리하여 나도 당신을 사랑한다고
답장이 오기를 간절히 소망한다
아침 해가 뜨자
보낼 수 있는 주소가 없다는 것을 생각해 내고는
절망에 빠진다
진실로 한 사람을 사랑할 수 있는 지난밤이 있어
한 순간 행복했거니
부치지 못한 편지는 슬픈 편지가 아니라
창밖으로 날려 보내는 한 마리 새였다

| 정성수의 아포리즘 |

'러브Love'는 기쁘게 하는 것이라는 뜻을 지닌 라틴어 '루베레Lubere'에서 유래했다. 러브는 유희적 사랑 즉 '루두스Ludus'와 관계되는 말이다. 인간의 감정 중 가장 흔하면서 복잡 미묘한 감정이 사랑이다. 누군가에게 사랑의 감정을 가진다는 것 자체만으로 기쁨이며 반대로 사랑이 떠나갈 때에는 매우 슬프다. 사랑의 감정이 지나쳐서 엉뚱한 방향으로 흐르면 사람을 망치기도 한다. 사랑은 한 사람을 웃고 울리는 묘한 힘을 갖고 있다. 사랑할 때는 가슴이 두근거리며 심장박동수가 증가해서 체온이 올라가 '엔도르핀'이 증가한다. 따라서 주변이 춥든 덥든 사랑의 반응은 자발적이다.

눈꽃 편지

앞산에 눈이 내린다
수천수만 눈송이들이 나무에 앉더니
눈꽃이 된다
겨울이 가고 봄이 오기도 전에 눈꽃들은 흔적도 없이 사라지겠지만
당신을 향한 내 마음은
봄여름가을이 가고 또 겨울이 온다할지라도
앞산 나무들처럼
늘 그 자리에 서 있을 것이다
당신이여
내게로 와서 눈꽃이 되어다오
이 겨울이 가기 전에

| 정성수의 아포리즘 |

1년 중 가장 추운 계절이 겨울이다. 서울을 기준으로 11월 25일경부터 3월 20일경까지다. 밤에는 별이 가장 밝게 보이는 계절이기도 하다. 공기가 맑아서가 아니고, 계절상 1등성 이상의 밝은 별 중 절반을 겨울에 볼 만큼 밝은 별들이 많아서다. 겨울의 별자리가 유난히 화려하게 보이는 것은 이 때문이다. 가난한 이들에게는 고통스러운 계절이다. 또한 불우 이웃 돕기 성금을 많이 하는 기간이기도 하다. 현재나 과거나 겨울은 춥고 폭설 아니면 가뭄이라는 극단적인 날씨도 찾아온다. 겨울이 생존에 가장 위협적인 계절이라는 것은 부인할 수 없는 사실이다.

겨울밤에 편지를

그대에게 못 다한 말은
참았다 참았다가 편지를 쓰겠어요

눈 내리는 밤이 오면
호롱불 밝혀놓고
뜨거운 가슴은 이 밤에도
식힐 길이 없다고 편지를 쓰겠어요

지난 봄 들풀들이 돋아나고
눈부시게 피는 꽃마다 그대 생각에
설레는 마음 붉어졌다고

편지를 쓰겠어요
여름이 가고 가을이 가는 동안
그대 생각에
내 삶의 깊이가 깊어졌다고
하얀 눈 내리는 긴긴 겨울밤을
창밖을 보면서

그대에게 하고 싶은 말은
조금씩
조금씩 아껴가면서 편지를 쓰겠어요

| 정성수의 아포리즘 |

깊어가는 겨울밤. 그리움과 보고픈 가슴은 한없이 남루해진다. 이런 밤에는 누구에게라도 한 장의 편지를 쓰면서 위로 받고 싶다. 내 안에 감춰진 그리운 얼굴을 불러내어 이야기타래를 풀어보는 것도 좋겠다. 이것은 겨울밤이기에 가능하며 내 마음에 등불 하나를 내거는 것 또한 겨울밤이라서 좋다. 우리는 인생과 사랑과 불확실한 미래와 그리움에 대한 이야기를 눈처럼 차곡차곡 쌓아야 한다. 눈보다 흰 불면의 밤에 쓰는 편지는 우표조차 붙이지 못한다 할지라도 사랑을 생각하며 편지를 쓸 수 있다는 고마움을 오래 간직할 터이다.

하늘나라로 보내는 편지

밤새도록 엄마에게 편지를 썼다

엄마 보고 싶어
일곱 살 아이처럼 보채면서 쓴 편지는
백지였다

하늘나라는 지역번호도 도로명주소도 없어
수신인은 그냥 엄마라고 썼다

우체국에 가려고
편지를 들로 마당으로 나오자
밤하늘의 별들이
초롱초롱 웃는다

하늘나라로 보내는 편지는
하느님께 부탁해야 된다는 것을 나는 몰랐다

| 정성수의 아포리즘 |

하늘나라는 천국天國으로도 표현하며 하늘 또는 그 이상으로 끝없이 확장되는 천상의 영역을 의미한다. 하늘나라라는 단어는 종교나 영적 철학에서 자주 등장하는 말이다. 일반적으로 신성·선량·신앙심 등의 기준에 만족한 사람들에게 허락되는 가장 거룩한 곳을 의미한다. 하늘나라는 기독교나 천주교에서는 예수를 믿은 사람이 죽은 후에 그 영혼이 간다는 세계로 천당을 말하며, 불교에서는 부처를 통해 갈 수 있는 극락을 뜻한다. 살아 있는 사람들에도 하늘나라는 있다. 길가에 핀 민들레의 꽃향기에도 있고, 밤하늘에서 반짝이는 아기별의 눈망울 속에도 있어 하늘나라의 거룩함을 볼 수 있다.

컴퓨터로 쓴 편지

자판기를 두드려 편지를 쓴다

더듬더듬 만들어 낸 글자들이 문장을 이루어
사랑하는 사람에게 꽃잎처럼 날아가면
나는 꽃향기를 생각한다

내가 보내고 내가 받는 편지는 밤새도록
웃었다 울었다 종잡을 수가 없다

컴퓨터로 쓴 편지는 번개처럼 날아가지만
시스템은 아무 일 없었다는 듯 종료를 하고 만다

| 정성수의 아포리즘 |

컴퓨터Computer는 주어진 자료를 입력받아 정해진 과정에 따라 처리하여 그 결과를 출력해 주는 전자장치다. 이것은 기계적인 하드웨어와 프로그램으로 만들어진 소프트웨어로 이루어졌다. 컴퓨터를 사용하는 이유는 신속성, 신뢰성, 정확성, 대용량성, 공유성 등이 탁월하기 때문이다. 요즘은 컴퓨터가 없는 집이 없을 정도로 우리 생활에 없어서는 안 되는 필수품이 됐다. 컴퓨터를 다룰 줄 모르면 컴맹이라고 한다. 컴맹은 문맹 못지않게 생활을 하는 데 불편하기 짝이 없다. 이메일이나 사진 전송 같은 기초적인 것 만이라고 알아야 정보화시대를 살아 갈 수 있다. 시작이 반이다.

나에게 쓴 편지

나에게 편지를 쓴다 모두 용서하자고
손봐주고 싶은 놈도
술 한 잔 안사는 놈도
내 욕하고 다니는 놈도
모두 용서하자고
나에게 편지를 쓴다

놈들한테서 답장이 없다
손봐주고 싶은 놈도
술 한 잔 안사는 놈도
내 욕하고 다니는 놈도
주먹이 돌주먹이 되어도
모두 용서하자고
나에게 편지를 쓴다

| 정성수의 아포리즘 |

다섯 손가락을 움켜쥐면 주먹이 된다. 주먹을 꽉 쥐는 행위는 공격적 의사 표시, 매우 분노함, 심한 고통 및 격렬한 심적 변화 등을 상징하는 대표적인 행위다. 이미지로서의 주먹은 저항, 폭력, 굳건함 등 힘의 상징이다. 복싱이나 무에타이 등 타격기를 수련하게 되면 손등부위에 굳은살이 박여 돌주먹이 된다. 법보다 주먹이 빠르다는 말이 있다. 빠른 것은 좋지만 다음이 문제다. 폭행이나 상해, 치상 등을 저질렀다하면 처벌을 감수해야 한다. 죄질에 따라서 합의가 원천적으로 불가능한 사건도 있다. 주먹! 함부로 휘두르지 마라. 잘못되면 신세 망친다.

마지막 편지

마지막 편지를 씁니다 작별이라고 써야할 지 이별이라고 써야 할 지 망설입니다. 이것이 작별이라면 살아가는 동안 한번쯤은 만나겠지요 이별이라면 영영 만날 수 없겠지요. 수년 아니면 수십 년 후에 당신을 만난다고 해도 영원히 못 만난다고 해도 걱정입니다. 그것은 만나면 괴로울 것 같고 못 만나면 오랫동안 슬플 것 같기 때문입니다. 이 시간에 내가 당신에게 할 수 있는 말은 최선을 다해 당신을 사랑했다는 한마디입니다. 이제 내가 할 수 있는 일은 이 세상에는 없습니다. 남은 시간들을 정직하게 살고 싶을 따름입니다. 당신에게 마지막 편지를 쓰는 이 순간에도 가슴이 붉어지는 것은 웬일일까요? 사랑을 보내는 떨림이겠지요.

| 정성수의 아포리즘 |

마지막이라는 말은 우리들 가슴에 비장감을 안겨 준다. '나를 묻을 땐 내 손을 무덤 밖으로 빼놓고 묻어주게. 천하를 손에 쥔 나도 죽을 땐 빈손이란 걸 세상 사람들에게 말해주고 싶다네' 알렉산더대왕이 죽으며 남긴 마지막 말이다. 페르시아 제국은 물론 이집트, 유럽, 아시아, 아프리카를 정복한 그에게 남은 것은 회한뿐 이였다. 나의 마지막 날에는 내가 남긴 모든 것을 태워 재를 만들어 달라. 풀꽃들이 무성히 자라도록 그들의 말목 아래 뿌려 달라. 나의 고집과 실수들을, 나의 비겁함과 약함을, 세상에 대한 편견과 불타던 야망을 바람으로 날려 달라. 수많은 말 중에 마지막이라는 말처럼 슬픈 말은 없다.

‖ 서평 ‖

문자매체로 소통하는 우편통신문화의 서정시

정성수 시집 『혓바닥 우표』에 부쳐

-김관식 / 시인, 문학평론가-

1. 프롤로그

인류 문명은 문자가 발명된 뒤부터 문화의 되새김질이 가능해졌다. 선사시대는 문자 기록이 없는 시대 즉 모든 역사의 기록을 남길 수 없는 시대를 말한다. 이때 의사소통은 음성언어에 의존해옴에 따라 생활의 지혜와 문화의 전수는 반드시 사람끼리 만남에 의해 구전으로 이루어짐으로써 전달자에 의해 변개되고, 첨가되거나 파편화되기도 하는 등 소통에 많은 어려움이 있었다.

문자 발명 이후 인류는 역사시대를 맞이하여 문자의 기록으로 삶을 기록할 수 있었다. 한 사람이 자신의 일과를 문자로 기록하는 글을 일기라고 한다. 남에게 보이기 위한 것이 아니라 기록자의 생활을 반성하고 후일에 망각하는 일이 없도록 기록해두는 것이라면, 두 사람 간에 문자로 의사소통하기 위해 쓴 글이 바로 편지이다.

오늘날 편지문화는 과학문명의 발달로 편리한 컴퓨터의 통신매체와 휴대폰문화의 일반화로 인해 전자우편 또는 문자메시지로 소통하는 시대다. 거리의 개념이 없어지고, 시간의 제약이 없어진 문자의 전자통신 시대에 살고 있다. 따라서 그리움이 죽어버린 시대에 살고 있다.

서양의 문물이 들어와 근대화가 이루어지는 과정에서 가장 먼저 생겨난 것도 원거리간의 인적, 물적 교류를 위한 교통수단과 편지를 주고받을 우편문화였다. 우편문화는 그 동안 서민들의 애환은 물론 사랑과 그리움의 대상을 향한 유일한 소통로 였다.

오늘날의 우편문화인 편지문화는 급속도로 줄고 일상생활의 각종 고지서나 광고물의 전달수단으로 변질되었다. 자필로 쓴 편지는 보내는 사람의 체취가 생생하게 살아있기 때문에 편지를 보내는 사람도 가슴으로 보내는 서정시 한 편이요. 받는 사람도 한 편의 서정시를 읽는 감동을 받는다. 급변하는 시대적인 변천의 소용돌이 속에서 6,70년대 편지를 보냈던 기성세대들은 젊은 날, 누군가를 그리워했던 대상을 떠올리며 편지를 주고받던 향수가 그리울 때가 있다.

시대변화의 흐름 속에서 문자매체로 소통하는 우편통신문화의 서정시 시대에 대한 야릇한 향수를 재현한 정성수의 시와 아포리즘의 서정시집 '혓바닥 우표'는 읽는 사람들에게 잊힌 역사적 사실과 추억의 애환을 되새김질 하게 만든다.

정성수 시인이 전통적인 우편통신문화를 레시피 해 놓은 시집 '혓바닥 우표'에 실린 시들을 침을 발라 우표를 붙여보고, 혀끝에 아려오는 아련한 그리움의 맛을 평가하는 맛평가사가 되어 지극히 주관적인 소감으로 사족을 붙이고자 한다.

2. 문자매체로 소통하는 우편통신문화의 서정시

1) 우편통신문화를 낳는 우체국에 대한 서정시-전체 개관 및 제1부

우편통신문화를 생산하는 곳이 우체국이다. 우체국은 면사무소, 경찰

지구대, 초등학교, 농협과 함께 전국 어디에서나 볼 수 있었다. 최근에는 인구의 감소로 많은 기관들이 통합되고 있는 현상으로 우체국 역시 마찬가지다. 우체국하면 떠오르는 키워드는 빨간 우체통, 편지, 우표, 집배원 등이 연상되어 옛것에 대한 낭만적인 향수와 정서를 유발하는 곳이다.

정성수 시인의 '혓바닥 우표'는 편지의 소통 기능을 증명하는 우표를 신체적 은유화하여 표현하고 있다. 인체의 감각기관은 눈, 코, 귀, 입, 손이다. 사물의 실체를 파악하는 시각적 기능으로서의 눈과 냄새를 감지하는 후각기능의 코, 소리를 인지하는 감각기관인 귀, 맛을 느끼는 미각기능을 수행하는 입, 촉각에 의존하여 사물을 인지하는 손 등 다섯 가지 감각기관으로 우리는 사물을 인지한다.

그 중 입은 우리가 생존하는데 필요한 음식을 먹는 신체기관이고, 입속의 혀는 음식의 맛을 느끼는 감각기관이면서 침과 함께 음식의 맛을 보는 신체기관이다. 음식의 맛을 느끼며 섭취하지 않고서는 인간뿐만 아니라 모든 생명체가 생존할 수 없다. 입은 동물들이 생존을 위한 신체기관으로 음식이 들어가는 곳이며, 이와 혀가 있다. 그 중에서 이는 음식을 찢거나 씹는 역할을 하고 혀는 맛을 느끼는 기관이다. 이와 같이 입은 섭생의 중요기관임과 동시에 또 하나의 기능은 의사소통을 위한 음성신호를 발생하는 조음기관이다. 즉 다른 사람과 의사소통을 위해 음성신호인 말을 하는 곳이 입이다. 이 때 혀는 조음하는데 중요한 구실을 한다.

옛날 적진에 침투하여 중요정보를 탐색하다가 잡힌 밀정이나 역신 앞의 충신들, 애국지사 등이 고문에 의해 자신도 모르게 적의를 가진 상대에게 실토할 우려가 있을 때 혀를 깨물었다. 그것은 고문이라는 신체적인 고통에 의해 자신을 통제하지 못하고 상대가 요구 사항에 동의할까 봐 혀를 깨물어 조음을 하지 못하게 했다. 그래서 혀를 깨물어 자해하는 일을 방지하기 위해 재갈을 물리는 수칙이 있었다.

우표를 붙이지 않는 편지는 상대에게 전달되지 않아 소통의 기능이 없다.

반드시 우표를 붙여야 배달 기능을 발휘하게 된다. 우표는 배달을 위한 증명서인 셈이고 우체국입장에서 상대에게 배달의 책임을 떠안게 되는 기능을 하게 된다. 정성수 시인의 시집 '혓바닥 우표'는 우리나라의 각종 풍물의 소개는 물론 편지에 대한 생생한 이미지를 부각시켰다. 독자의 관심을 촉발하게 하는 정성수 시인의 '혓바닥 우표'에 침을 발라 편지봉투에 그의 우표를 붙여보자.

그대가 그리운 날에는 그대에게 보낼 편지를 들고
우체국으로 향한다
수많은 사람들이 내 곁을 스쳐지나가도
그리움은 여전히
한 장의 편지가 된다

우체국 창가에서 한 사람이 빈 하늘에 편지를 쓰고 있다
순간 나는 괜시리 슬퍼졌다
그리운 사람에게
그리움을 보낸다는 것은
이 세상에서 가장 쓸쓸한 일인 것 같았다

그리움 하나 우체통에 밀어 넣고
바라본 앞산에서는
앞 다투어 꽃이 피고 있었다

어떤 사람은 그리움을 끌어안고 일생을 버티기도 한다
그리움이
절실하면 절실할수록

눈물도 보석처럼 빛난다

봄꽃들이 봄꽃편지가 되어 그대에게 당도할 때쯤이면
한 사람이 등을 보이며 멀어져 갈 것이다

-「봄꽃편지」 전문

'봄꽃편지'는 추운 겨울을 지나고 생명활동이 활발하게 시작되는 봄의 이미지를 편지의 문화로 의인화하고 은유화로 봄소식을 전해 준다. 봄꽃과 편지가 소식을 전한다는 유사성에 의해 자연과 인간과의 소통을 은유화한 시제다. 뿐만 아니라 '봄꽃편지'는 향기 나는 인간관계의 상징이다. 오늘날 편리함을 추구한 나머지 물질문명에 예속된 생활문화로 고착화되어 가는 것이 사실이다. 그로 인하여 간절한 사랑과 그리움을 편지에 담아 서로 간에 주고받는 인간다운 정서가 담긴 우편소통문화의 단절을 가져왔다.

요즘은 인터넷이나 휴대폰에 의해 익명의 다수자들이 가상공간에서 시공간을 초월하여 신속하게 소통하거나 문자메시지를 통해 소식을 주거받는다. 이처럼 영상과 음성 통화하는 디지털 전자소통시대에 편리한 기능이지만 안타깝게도 우리들에게 그리움의 정서를 말살해 버렸다. '그대가 그리운 날에는 그대에게 보낼 편지를 들고/ 우체국으로 향한다'는 낭만적이고 서정적인 감각이 사라졌다. 상대에 대한 그리움의 감정은 생겨나지 나고 상대의 소식을 애타게 기다리는 인간적 정서가 생겨날 여유가 없다. 무엇엔가 쫓기는 사람처럼 필요한 말만을 하는 오늘날의 시대는 우체국을 가는 수고마저 사라졌다. 노력이 뒤따르지 않다보니 사랑하는 마음과 그리움의 정서가 축척되지 않아 정서가 고갈된 삭막한 시대에 살게 된 것이다. 사람들은 가슴에 외로운 섬 하나씩 가지고 휴일이면 산이나 바다를 찾아 나서고 혼자서 여행길에 올라 끙끙거리며 내면의 정서까지 자연에게 퍼주고 돌아온다. '그리움 하나 우체통에 밀어 넣고/ 바라본 앞산에서는/ 앞 다투어 꽃이 피고 있었다'로 그리움의 정서를 자연에게 보내고 자연과 소통을 시도하는 모습은 인간다운 정서의 표현이다. 인간다운 정서보다 물질과 편리함을 좇아가다가 외로운 섬을 하나씩 가지고 사는 오늘날의 사람들에게 위로의 메시지를 전달하는 우편배달부가 바로 정성수 시인이다.

우체국은 인간다운 훈훈한 정이 오고가는 인간관계의 소통장소이다. 그것은 마치 어머니의 품과 같이 고향의 정서가 소통하는 사랑방 역할을 하고 있다. 우리는 과학문명의 편리한 소통과 대중문화의의 발달로 텔레비전의 전자문화에 통제를 받으며 수동적인 인간이 되어간다. 무엇인가 스스로 찾아 나서려는 주체적인 행동을 기계에 맡기고 편리함을 추구한 나머지 인간으로서의 가장 중요한 사랑과 그리움의 휴머니즘 정서를 잃어버리고 수동적인 인간으로 살아간다. 그러니 우체국을 찾아나서는 사람이 있겠는가?

우체국에 와서
무통장 예입청구서라도 쓸라치면
괜히
편지를 쓰고 싶다

보낼 곳도
받아 줄 사람도 없는
허망한 나날을
우표 한 장에 실어 보내면

어린 시절
여름 냇가에서
물장구치며 고추재기 하던

친구들은
지금 어느 하늘 아래서
막내딸 무릎베고
흰 머리카락 세고 있나!

우울한 날은 잠시
우체국 창가에서 팔짱을 낀 채
먼데
하늘을 본다
그리움을 본다

– 「우체국 창가에서」 전문

'보낼 곳도/ 받아 줄 사람도 없는/ 허망한 나날을' 살아가는 사람들이 현대인들이다. 디지털과학문명 시대의 편리한 생활은 물질적인 풍요와 신체적으로 안락함을 가져왔다. 하지만 욕망의 실현과 가상세계에서의 꿈을 좇는 수동적인 자세와 비현실적인 환상 속에서 인간적인 체취를 망각하고 과학문명기기의 통제를 받으며 서로 간에 감시하고 감시를 받아가며 살아가고 있다. 쉔베르거의 '잊혀질 권리'처럼 망각이 없는 기계의 통제 속에서 살아가고 있는 것이다. 컴퓨터 발달로 인해 생겨난 새로운 용어로 쉔베르거가 처음 사용한 '잊혀질 권리'는 인터넷에서 생성 · 저장 · 유통되는 개인의 사진이나 거래 정보, 개인의 성향과 관련된 정보에 대해 소유권을 강화하고 이에 대한 유통 기한을 정하거나 이를 삭제, 수정, 영구적인 파기를 요청할 수 있는 권리를 말하는 것으로 디지털시대의 무서운 폭력문화가 아닐 수 없다.

오늘날 우리가 추구하는 행복은 물질화 수량화로 측정한다. 서로가 소통하는 내면의 인간가치까지도 철저하게 화폐가치로 환산하여 교환함으로써 행복에 도달하려고 하는 삭막한 시대에 살고 있는 것이다. 과연 모든 가치를 화폐가치로 측량할 수 있는 것일까? 거기에는 인간다움이 사라지고 인간 정서가 고갈되어 폭력의 잔해만 남을 뿐이다. 안락한 생활이 행복한 생활은 아니다. 수단과 방법을 가리지 않고 부를 축척하여 빌딩을 짓고 아파트를 짓고 그 속에 스스로가 감금당해 살고 있는 것을 행복하다고 할 수는 없다. 빌딩이나 아파트는 회색 문화다. 자연 속에 묻혀있는 석회암을 인간들의 행복을 위해 파헤치고 가루로 내어 건물을 만들고 단절된 공간에서 산다는 것은 어찌 보면 자연에 가한 인간 폭력문화일 뿐이다.

'우체국 창가에서' 그리움의 편지를 주고받는 시대는 과거의 유물이 되어 버렸다. 도시화로 고향을 잃어버리고 문명화로 잃어버린 정서적인 공백을 현대인들은 텔레비전의 대중문화로 대리만족하며 살아가고 있는 오늘날이다. '우체국 창가에서' 앉아있는 모습은 낭만주의 시대 센티멘털한 구시대적인 문화로 전락했지만 어쩐지 그리워지는 것은 무엇일까?

'어머니가 슬픔을 와락 껴안고 통곡하는 집/ 미루나무가 허공에 답장을 쓰는/ 집/ 미루나무가 있는 집'의 월남전에서 죽은 외아들의 전사통지서를 받고 실성해버린 어머니처럼 우리들은 디지털전자문명으로 사랑과 그리움의 휴머니즘이 죽은 우편소통문화의 전사통지를 받고 실성해버린 '미루나무가 있는 집'에 살고 있는 것은 아닐지?

정성수 시인은 '너에게' 보내는 휴머니즘적인 정서의 소통을 갈구하며 겨울 한 가운데 푸르게 자라라는 보리처럼 사랑과 그리움의 봄이 오기를 소망한다. 디지털시대 서로의 사랑을 확인하는 인간적인 체취를 잃어버린 것에 대한 변명을 다음과 같이 토로하고 있다.

> 네가 내 곁을 떠나간
> 그 날
> 너는 나를 잃어버린 것이 아니라 잊어버린 것이다

겨울 한 가운데서도 보리는 푸르고 풀포기들은 긴 꿈을 꾸고 있다. 내 사랑도 어드메쯤인가 이 겨울을 잘 견딜 것을 믿는다. 겨울은 침잠하고 땅 아래 봄은 세상 밖으로의 꿈을 꾼다. 잠들어라, 눈보라여. 우리들의 사랑을 위해서

내가 너를 보낸
그 날
나는 너를 잊어버린 것이 아니라 잃어버린 것이다

-「너에게」 전문

정성수 시인이 항상 머물러 있기를 원하는 우체국은 우리가 잃어버리고 살아가는 인간의 체취가 물씬 풍기는 휴머니즘적인 정서의 생산 공간이며, 인간의 원초적인 생명을 추구하는 향수의 공간이다. 그의 '너에게'는 차라리 잊어버렸다는 정신가치의 지향이 아니라 진정한 가치를 잃어버리고 살아가는 물질가치의 시대에 대한 원망을 토로하고 있다.

'내 마음 속에 우체국'을 간직하며 살아가는 정성수 시인이야말로 '젊은 우체국장이 셔터를 내리면 수많은 차들은 라이트를 켠 채/ 어디론가 달려간다/ 나는 가슴속에서/ 잊었던 별 하나를 생각해 내곤 한 장의 편지를 써야겠다고 다짐을 한다'고 굳은 약속을 실천하며 우편소통문화를 낳는 우체국에 대한 서정시를 쓰며 살아가고 있는 시인임에 틀림없다.

2) 사랑과 그리움을 갈구하는 편지통신문화에 대한 향수-제2부

독일의 철학자 니체는 후기 사상으로 영원 회귀를 부르짖었다. '시간은 무한하고, 물질은 유한하다'라는 전제에서 무한의 시간 중에서 유한의 물질을

조합한 것이 세계라면, 현재의 세계가 과거에 존재하거나 혹은 장래도 완전히 같은 조합으로부터 구성될 가능성과 존재의 의지와 자유의 의지를 우리에게 시사한다.

영원 회귀는 삶에의 강한 긍정 사상으로 '1회성의 연속'이 계속된다고 주장한다. 즉 전생 사상과 같이 전생→현세→내세로 연결되며, 다시 단 1회의 태어남으로 살아가다가 소멸하는 인생이란 녹음테이프처럼 만일 다시 태어났다고 하더라도 그 때 그 순간까지 완전히 똑같이 다시 되풀이 하는 것이니 최선을 다해서 주어진 운명을 살아가야 한다는 이론이다.

뿐만 아니라 니체는 '내 적들은 강력해졌고 내 가르침의 초상은 왜곡되어 버렸다. 그래서 나의 가장 사랑하는 제자들조차 내가 그들에게 주었던 선물을 부끄러워하지 않을 수 없는 지경에 이르렀다. 나는 나 자신의 친구들을 잃고 말았다. 내가 스스로 잃어버린 자들을 찾아야 할 때가 온 것이다.'라고 했다. 그의 저서 '차라투스트라는 이렇게 말했다.'에서 인간정신의 발달 단계를 첫째, 주인에게 절대 복종하는 낙타의 단계, 자유와 부정의 정신으로 자기 의지에 따라 'NO'라고 반항하는 사자의 단계, 인간 성정의 최고점으로 순수 무구한 놀이적인 인간이 되는 어린아이의 단계를 거치는 과정을 통해 인간 정신을 변용하여 실존적인 자유를 찾아 누구나 초인이 될 수 있다고 주장했다.

정성수 시인의 사랑과 그리움을 갈구하는 편지소통문화에 대한 향수로 과거 우편소통문화를 편지를 보내는 작업은 결국 영원회귀사상에 의한 최선의 삶을 살아가는 그의 문학적인 신념 때문이라고 추측한다. 인간정신의 최고점인 어린아이단계를 지향하는 초인정신으로 시 창작 작업을 숙명으로 알고 날밤을 세워 노력하는 시인이다.

시인의 내적 표현은 세속적인 관점에서 볼 때 '짝사랑 편지'를 쓰는 행위에 귀착된다. 시를 관심 밖으로 밀어내 시를 외면하려드는 세태에서 그들에게 인간의 근원적인 고향을 찾아주려는 몸부림은 휴머니즘적인 입장에서는 사랑과 그리움의 정서를 대중화하려는 몸부림이며 노력이다. 대중들의 입장에서는 무관심과 무가치한 짓거리에 불과한 할 일 없는 사람들이 하는 행위일지도 모른다. 그러나 외면한 그들도 젊은 날에는 모두 시인들이었다. 안타깝게도 망각의 방에 그들의 정서를 가두어 두고 있는 것이다. '짝사랑을 해 본 사람만이 읽을 수 있는 편지를/ 쓸쓸한 편지를/ 나는 오늘 밤에도/ 메아리가 없는 빈 산자락에 쓴다' 시임의 '짝사랑 편지'는 외로운 자신의 심정을 솔직하게 고백하고 있다.

오늘날 자연은 철저하게 파괴되어 간다. 인간만의 행복을 추구하는 인간 위주의 생태의식은 자연과의 공존을 저버리고 폭력적으로 땅을 파헤쳐 시멘트로 담을 쌓고, 아스팔트로 도로를 포장하여 흙의 숨통을 막아버렸다. 그 위를 자동차로 달려가는 도시문명은 분명 자연과의 결별을 선언했다. 그럴수록 어머니 품을 떠난 아이와 같이 자연지향의 모태의식이 강하게 작용하게 된다.

강가에서 제비꽃 한 송이가 눈시리게 강물을 바라보듯이
이 나루터에서
그대의 이름을 사무치게 부르는 것은
죽어서도 잊지 못할 것 같은 그리움 때문입니다

-「강물 엽서」 일부

강물은 생존하는 생명체의 활동처럼 시공간을 변화하면서 흘러간다. 이처럼 사람들도 많은 사람들과 만나고 헤어짐을 반복하면서 그 중에서 잊지 못한 사람을 그리워하며 살아가기 마련이다. 한 번 흘러간 강물은 되돌아오지 않는다. 정성수 시인은 실존 상황에서 사랑하다가 잊지 못하는 사람을 향해 이름을 부르는 까닭을 '그대의 이름을 사무치게 부르는 것은/ 죽어서도 잊지 못할 것 같은 그리움 때문입니다'라고 밝히고 있다.

그대에게 편지를 부치려고 우체국에 왔습니다
오늘 따라 창구에 앉은
여직원의 얼굴이 달덩이 같습니다
우표를 받아 든 나는
혓바닥을 쓱 내밀어
우표의 뒷통수를 핥았습니다
소가 혓바닥으로 제 콧구멍을 핥듯이
여기서는 혓바닥을 내밀어도 우표의 뒷통수를 핥아도
아무도 웃지 않습니다
뒤에서 순번을 기다리는 손님도 당연하다는 듯이
혓바닥에 힘을 줍니다
이마에 우표를 붙인 편지는
소가 느린 침을 흘리며 온몸으로 달구지를 끌고
하룻길을 가듯이
산을 넘고 강을 건너
그대에게 당도할 것입니다
받아주십시오 그대
내 혓바닥 우표 이마에 붙인 사랑의 편지를

-「혓바닥 우표」 전문

정성수 시인이 찾아가는 우체국은 사랑과 그리움이 살고 있는 휴머니즘의 공간이며 시창작의 행위가 이루어지는 내면공간이다. 소가 되새김질을 하듯 그는 그리운 사람들을 되새김질하여 혓바닥을 내밀어 우표의 뒷통수를 핥으며 달구지를 끌고 가는 소처럼 우직하게 시를 쓰고 배달하며 많은 사람들이 자신의 사랑의 편지를 읽어주지를 희망한다.

'IMF 때 직장을 잃고 남녘땅으로 농부가 되어간 친구에게서 참으로 오랜만에 편지가 왔습니다.'라고 하는 친구의 '꽃 편지'는 자연의 순리에 따르는 소식이며, 동시대에 태어나서 살아가는 인간냄새 물씬 풍기는 우정의 소통인 것이다. 시인은 '가을 강'처럼 '강은 눈물을 흘리지 않는다/ 가을 강은/ 속울음 꾹꾹 눌러 이 밤에도 편지를 쓴다'라고 속울음을 꾹꾹 눌러 시를 쓰는 창작행위를 한다. 이것은 바로 사랑과 그리움을 갈구하는 편지소통문화에 대한 향수 때문이다.

3) 우편통신문화의 시대변천과 우편관련 문화에 대한 시적 형상화–제3부

시대에 따라 우편통신문화는 많은 변천을 해왔다. 우표를 수집하는 사람들은 우표속의 도안을 통해 당시 시대의 문화를 알 수가 있다. 한 나라는 물론 각국의 우표를 수집하는 사람들은 각국의 역사와 문화의 변천과정을 우표를 통해서 알 수 있기 때문에 우표수집가들이 우표를 수집하는 취미활동을 하고 있다. 이메일로 주고받는 문화 속에서 편지문화는 점차 사라지고 있는 시대변화에 대한 시인의 해석적 진술이다.

요즘 당신이 내게 보내는 메일은
몇 분이면 씁니다
내가 당신에게 보내는 문자는 단 몇 초면 갑니다
우리가 주고받는 카톡은
번갯불에 콩 튀겨먹는 시간보다 더 빠릅니다

밤을 새워 쓴 편지를
밥풀로 봉인하고 우표를 붙이는 것은
아직도 이 세상 어딘가에

우체통처럼 붉은 심장을 갖은 한 사람
당신이 있기 때문입니다

- 「요즘 편지」 일부

'요즘 편지'는 컴퓨터의 이메일과 휴대폰의 카톡 문화의 빠른 속도와 느린 편지문화의 상호 비교를 통해 인간의 소통문화의 시대적 변화를 형상화하고 있다. 무한경쟁의 시대, 빨리빨리 문화에 익숙한 오늘날의 사람들의 소통문화는 대량생산 대량소비사회에 걸 맞는 소통문화이다. 그러나 이러한 문화의 이면에는 인간성의 말살이라는 물질적인 가치관이 자리 잡고 있다. 다수의 알권리를 위해 개인의 사생활의 침해를 가져오는 쉔베르거의 '잊혀질 권리'의 문제를 파생시키고 있다. 그러나 정성수 시인은 어머니 품속에서 듣던 따뜻하고 붉은 심장소리를 듣고 싶은 것이다. 이는 잊혀져가는 문화에 대한 향수이며 맹목적으로 편리함을 쫓아 무조건 전통을 무시하고 해체해버리는 폭력적인 인간의 프로메테우적인 행위에 대한 반성을 촉구하고 있다. 시인은 우체통처럼 붉은 심장을 갖은 한 사람인 당신이 있기 때문에 시를 쓰는 작업을 멈출 수 없는 것이다.

또한 편지를 배달하는 일을 직업으로 하는 우체부를 '우체사'로 개명하고 그 까닭을 밝히고 있다. '우체부가 길을 당겼다 놓았다하면/ 길은 길이 된다'라는 물활론적인 참신한 사유와 발상으로 우체부가 없는 세상은 캄캄한 세상임을 진술하고, '내가 보낸 편지는 늘 쓸쓸했지만/ 우체부가 들고 온 답장은/ 가슴 설레는 것이었다'라고 우체부를 우체사로 개명한 이유를 밝히고 있다. 시인은 고독한 시창작을 통해 빚어진 시가 독자들에게 좋은 평판으로 다가오기를 기다리지는 않는다. 다만 정성수 시인은 쓰고 또 쓸 뿐이다. 시인이 원하는 것은 단 한사람일지라도 시인의 시를 읽고 위로와 위안을 받으면 그것으로 족하다는 생각이다.

그러기 때문에 길거리에서 '오래된 우체통'이 되어 '편지를 부치고 돌아오는 오후가 쓸쓸한 날/ 아득하게/ 안개 속에서 아득하게/ 나는 다하지 못한 말을 가슴에 담고/ 오래된 우체통이 되어 당신을 기다린다'고 했으며, 컴퓨터 통신문화로 밀려난 편지함을 쓸쓸하게 바라보는 것이다.

백스페이스 바를 누르면서 돌아왔지요
편지함을 몇 번
쓰다듬어 보고 돌아왔지요

당신은 없고요 당신은 보이지 않고요
편지함에 꽉 찬 편지들이
저희들끼리 답장을 쓰고 있었어요

-「편지함」 일부

수신자의 부재로 가득 쌓인 편지함 속의 편지끼리 서로 답장을 쓰는 주체는 없고 객체만 살아서 객체끼리 소통하는 주객전도의 소통문화를 풍자하고 있다. 시인은 가을이 되면 낙엽이 떨어지는 쓸쓸한 모습을 보고 '이 가을에 띄우는 편지'를 통해 자연이 보내는 편지를 받아 겸허하게 읽고 다른 이들에게 '그대 잠못 이뤄 서성이는 가을밤에는/ 댓돌 아래 귀뚜리의 노랫소리 들으시라'고 권유한다. 왜냐하면 '그대의 시린 마음을 칼바람으로 난도질하기 전에/ 그대 불면의 창가에서 고독을 깨물어도/ 지상의 축제는 서럽도록 끝났느니' 가을 귀뚜라미 정서를 시적 정서와 편지의 정서로 형상화하여 진술하고 있다.

4) 그리운 사람에게 보내는 고백의 편지-제4부

보통 시인들은 자신이 살고 있는 환경 속에서 자연과의 정서적인 교감을 시로 형상화하기 마련이다. 정성수 시인은 '아중호 연서'를 통해 자신이 자주 찾는 전주시 덕진구 우아동에 위치한 아중호수를 보고 자연과의 교감을 우편통신문화를 연상하여 시로 형상화하고 있다. 복합적인 연상과 객관적 상관물로서의 시적대상 '아중호'를 의물화 하여 편지소통문화를 형상화하고 있다.

아중호 수변데크 위에서 서성거렸다
장대 같은 빗줄기에
흠씬 두들겨 맞으면서
아픈 것은 몸이 아니라 마음이었다
건지산은 여전 하느냐고
편지를 보냈던 그 여자가
내 가슴을 두드려
빗소리를 내고 있었다
나는 물먹은 스펀지가 되어
핸드폰을 날려도
돌아오는 것은 빗소리뿐이었다
아중호에 그 여자가 산다

- 「아중호 연서」 전문

'물먹은 스펀지', '핸드폰'과 '빗소리'의 인간과 자연의 소통 방식의 대비, '아중호의 뱃속에서의 출렁거리는 소리=그녀'로 아중호를 신체 은유화하여 서정적으로 그리움을 풀어내고 있다. 봉투는 누렇게 변하고 소인이 지워진 첫사랑의 옛 편지를 발견하고 과거를 회상하며 사랑을 표현하지 못해 떠나보낸 사랑에 대한 답신을 '미안합니다'로 정중하게 보내고 있다.

책꽂이를 정리하다가 책갈피에 꽂인 당신의 편지를 발견했습니다. 봉투는 누렇게 변하고 소인이 지워진 편지는 아직도 당신의 향기를 머금고 한 시절을 불러내고 있습니다. 편지를 읽는 동안 당신이 나를 한 번도 잊은 적이 없다는 대목에서 목울대가 먹먹했습니다. 멀리 와 버린 강물은 거슬러 흘러갈 수 없지만 강둑에 핀 당신의 반지꽃은 여전히 그 자리에서 향기롭습니다. 그리움은 언제나 앞산 뒤에서 서성인다는 것을 압니다. 봄여름을 건너와 한 장의 낙엽이 된 당신의 편지는 가슴 복판에 찍힌 화인이 되어 사는 일 하나하나가 눈물입니다. 내 인생에서 가장 아름답고 소중한 마음의 답장을 당신에게 보냅니다. 미안합니다. 사랑을 사랑할 줄 몰라서

- 「미안합니다」 전문

오래된 편지를 보관하고 있다는 것만으로 그 사람과의 소중한 관계가 있었음을 알 수 있다. '회자정리 거자필반 생자필멸 사필귀정會者定離 去者必返 生者必滅 事必歸正'이라는 말이 있다. 이는 '만남에는 헤어짐이 있고/ 떠난 사람은 반드시 돌아온다/ 생명이 있는 것은 반드시 죽는다/ 결국에는 옳은 이치대로 흘러간다'라는 말이다. 시인의 '미안합니다'라는 늦은 반성은 인간관계를 소홀히 자신에 대한 지난날의 과오에 대한 자성적인 뉘우침이다. '한 때 가슴속에 살림을 차렸던 사람에게/ 오늘은 편지쓰기 좋은 저녁'에 편지를 쓰거나 '그대에게 못 다한 말은/ 참았다 참았다가 편지를 쓰겠어요' 라고 결심하고 '겨울밤에 편지를' 쓰는 마음가짐은 인간의 원초적인 본향을 찾아가는 마음이다.

시인은 '컴퓨터로 쓴 편지' 문화에 익숙해졌다. '컴맹은 문맹 못지않게 생활을 하는 데 불편하기 짝이 없다. 전자 우편이나 사진 전송 같은 기초적인 것 만이라고 알아야 정보화시대를 살아 갈 수 있다. 시작이 반이다.' 라고 술회한 시인의 말처럼 정보화시대에 앞서가기 위해 각고의 노력을

하고 있음을 알 수 있다. 비장의 각오로 '마지막 편지'를 보낸다.

> 마지막 편지를 씁니다 작별이라고 써야할 지 이별이라고 써야할 지 망설입니다. 이것이 작별이라면 살아가는 동안 한번쯤은 만나겠지요 이별이라면 영영 만날 수 없겠지요. 수년 아니면 수십 년 후에 당신을 만난다고 해도 영원히 못 만난다고 해도 걱정입니다. 그것은 만나면 괴로울 것 같고 못 만나면 오랫동안 슬플 것 같기 때문입니다. 이 시간에 내가 당신에게 할 수 있는 말은 최선을 다해 당신을 사랑했다는 한마디입니다. 이제 내가 할 수 있는 일은 이 세상에는 없습니다. 남은 시간들을 정직하게 살고 싶을 따름입니다. 당신에게 마지막 편지를 쓰는 이 순간에도 가슴이 붉어지는 것은 웬일일까요? 사랑을 보내는 떨림이겠지요.
>
> **-「마지막 편지」 전문**

우리는 과거에 떠나간 사람 한 두 명 쯤은 가슴에 묻고 살아간다. 그 대상이 부모형제자매일 수도 있고 연인이나 친구일 수도 있다. 아름다운 사람과의 추억은 향기로 남아 우리의 가슴을 뜨겁게 하지만, 고통을 주고 떠난 사람은 미움으로 남아 자신을 괴롭힌다. 미워하는 마음은 어떤 의미에서는 사랑의 감정이다. 미움을 용서를 할 수 있는 것은 오직 시간뿐이다. 솔로몬의 '이 또한 지나가리라'처럼 모든 것은 망각의 늪으로 침잠할 것이다. 그러나 인간처럼 망각기능이 없는 컴퓨터는 망각해야 할 자질구레한 과거의 일까지 모두 기록해두는 잔인한 기계다. 그런 컴퓨터에게 인간은 주체적 자리를 빼앗기고 말았다. 아름답지 못한 기억은 사람들에게 오랫동안 상처로 남는다. 따라서 니체가 말한 '자신의 운명을 사랑하라'는 아모르파티의 자세로 내면의 아름다움을 쌓아가고 서로가 정서적으로 교감하는 편지 한 통이라도 주고받는 아름다운 사회가 되어야 할 것이다.

3. 에필로그

정성수 시인의 문자매체로 소통하는 우편통신문화의 서정시집 '혓바닥 우표'는 잊혀져가는 사랑과 그리움의 우편통신문화에 대한 경험들을 재현적인 상상력으로 형상화한 시편들이다. 과학문명의 발달은 인간의 욕망을 극대화한 물질적인 풍요의 시대를 향유해왔으나 갈수록 자연과의 관계가 소원해지고 있다는 것을 부인할 수 없다. 인간은 끝없는 욕망을 실현하기 위해 끊임없이 자연환경과 생태계를 파괴하여 결국 인간의 생존 자체까지도 위기상황에 빠뜨려버렸다.

사람과 사람과의 관계도 정성이 담긴 편지를 주고받는 여유가 사라지고 시공간의 활동영역이 확대됨에 따라 빠른 속도는 물질적인 부를 가져오는 역할로 전환되었다. 따라서 컴퓨터에 의존한 통신 매체를 하루 종일 들여다보고 소통하는 일이 일과가 되어버린 시대에 우편통신문화는 구시대적인 산물일지로 모른다. 그러나 편지를 주고받으며 느리게 산다는 것은 인간적인 정서를 교감하는 것이다. 서로의 아름다운 관계를 회복하고 사랑과 그리움이 존재할 때 인간다운 모습임은 자명하다.

우편통신이라는 정해진 주제를 시로 형상화하기란 매우 어려운 일이다. 그럼에도 불구하고 자신의 경험을 바탕으로 서정적 시로 형상화했다는 것은 정성수 시인만이 갖고 있는 탁월한 시적 감각이 있기에 가능했다.

시집 '혓바닥 우표'의 시세계를 요약하면, 첫째 우편통신문화를 낳는 우체국에 대한 서정시를 엮어놓았다는 점, 둘째 사랑과 그리움을 갈구하는 편지통신문화에 대한 향수를 형상화한 점, 셋째 우편통신문화의 시대변천과 우편관련 문화를 탐구한 점, 넷째 그리운 사람에게 보내는 고백적 편지 형식으로 구성되었다는 점을 들 수 있다.

정성수 시인의 시집 '혓바닥 우표'가 많은 독자들의 정서의 샘을 자극하여 편지의 교감 기능을 재활하는 양념이 되고, 좋은 소식을 전달하는 우표가 될 것을 믿는다. 아무쪼록 '혓바닥 우표'가 그리운 사연이 듬뿍 담긴 편지 봉투에 찰싹 달라붙어 감동으로 전달되기를 바란다.

정성수 저서

시집 (22)
- 울어보지 않은 사람은 사랑을 모른다
- 산다는 것은 장난이 아니다
- 가끔은 나도 함께 흔들리면서
- 정성수의 흰소리
- 나무는 하루아침에 자라지 않는다
- 누구라도 밥값을 해야 한다
- 향기 없는 꽃이 어디 있으랴
- 늙은 새들의 거처
- 창
- 사랑 愛
- 그 사람
- 아담의 이빨자국
- 보름 전에 있었던 일은 그대에게 묻지 않겠다
- 보름 후에 있을 일은 그대에게 말하지 않겠다
- 19살 그 꽃다운 나이에 알았더라면 좋았을 詩들
- 산사에서 들려오는 풍경소리
- 아무에게나 외롭다는 말을 함부로 하지 말라
- 마음에 피는 꽃
- 덕진 연못 위에 뜬 해
- 덕진 연못 속에 뜬 달
- 공든 탑
- 혓바닥 우표

시곡집 (6)
- 인연
- 시 같은 인생, 음악 같은 세상
- 연가
- 우리들의 가곡
- 건반 위의 열 손가락
- 아름답고 감미로운 전주 신8경

동시집 (9)
- 햇밤과 도토리
- 학교종
- 아이들이 만든 꽃다발
- 새가 되고 싶은 병아리들
- 할아버지의 발톱
- 표정
- 넓고 깊고 짠 그래서 바다
- 첫꽃
- 꽃을 사랑하는 법

동시곡집 (8)
- 아이들아, 너희가 희망이다
- 동요가 꿈꾸는 세상
- 어린이 도레미파솔라시도
- 오선지 위의 트리오
- 참새들이 짹짹짹
- 노래하는 병아리들
- 표정1 아이들의 얼굴
- 표정2 어른들의 얼굴

동화 (1)
- 장편동화 폐암 걸린 호랑이

실용서 (2)
- 가보자 정성수의 글짓기교실로
- 현장교육연구논문 간단히 끝내주기

산문집 (4)
- 말걸기
- 또 다시 말걸기
- 산은 높고 바다는 넓다
- 365일 간의 사색

논술서 (5)
- 초등논술 너~ 딱걸렸어.
- 글짓기 논술의 바탕
- 초등논술 앞서가기 6년
- 생각나래 독서·토론·논술 4·5·6년
- 한권으로 끝내는 실전 논리논술

그외 (공저) (6)
- 세상사는 것이 그렇다야 (시집)
- 꽃들의 붉은 말 (시집)
- 무더기로 펴서 향기로운 꽃들 (시집)
- 꽃잎은 져도 향기는 남는다 (시집)
- 내사랑 멋진별(동화)
- 대한민국의 5인의 시 (앱시집)

정성수 수상

- 제2회 대한민국교육문화대상
- 제2회 백교문학상
- 제3회 전북교육대상
- 제4회 한민족효사랑시부문최우수상
- 제4회 갤러리아환경사랑수기공모전 동상
- 제4회 철도문학상
- 제4회 신노년문학상
- 제5회 한국영농신문사한국농촌문학상
- 제5회 청소년포교도서저작상
- 제5회 글벗문학상
- 제5회 주)웅진코웨이전국환경보전생활수기공모대회교사부문금상
- 제5회 대한민국독도문예대전상,
- 제6회 대한민국사회봉사대상정부포상
- 제6회 한하운문학상
- 제6회 불교아동문학상
- 제6회 향촌문학상
- 제8회 대한지적공사지적문예작품공모전입선
- 제8회 환경글짓기대회전국물맑히기은상
- 제9회 국제지구사랑작품공모전금상
- 제10회 하소백련축제작품공모선우수상
- 제11회 공무원문예대전동시부문최우수국무총리상및수필부문우수행정안전부장관상
- 제13회 공무원문예대전시부문최우수국무총리상
- 제13회 대한민국환경창조경영대상시부문문학대상
- 제13회 국가보훈처보훈문예작품공모전추모헌시부문장려상
- 제13회 한류문학예술상
- 제15회 교원문학상
- 제16회 한국문학예술상
- 제17·18회 김유정기억하기전국문예작품공모전연속수상
- 제18회 세종문화상
- 제18회 공무원문예대전수필부문인사혁신처장상
- 제20회 스승의날특별공로상
- 제24회 한국교육자대상
- 제25회 전북아동문학상
- 제30회 전국통일문예작품현상공모우수상
- 제44회 한민족통일문예대전일반부우수상
- 52주년 호남의향범국민통일글짓기대회우수상
- 95·96년 에너지관리공단에너지절약작품현상공모가작

· 98년 나눔과배풂체험사례공모전우수상
· 08년12년15년 전라북도문예진흥금3회수혜
· 09년 문예춘추릴케기념문학상현대시릴케저작상
· 09년 평생교육진흥연구회한국독서논술교육대상
· 09년 창조문학신문사대한민국베스트작가상
· 09년 대한민국100인선정녹색지도자상
· 09년 국토해양부제1차해양권발전시부문최우수상
· 09년 부평문학상
· 10년 효부모사랑수기공모전은상
· 10년 갤러리아환경사랑수기공모전동상
· 10년 문화일보자랑스런나의가족이야기공모전장려상
· 10년 퇴직공무원생활수기공모전은상
· 12년 제1회지필문학대상
· 12년 소월시문학대상
· 13년 대한민국환경문화대상문학대상
· 14년 한국문화예술위원회아르코문학창작기금수혜
· 14년 제12회대한민국환경문화대상문화예술대상
· 15년 매일신문사제1회시니어문학상
· 15년 한국문학신문작가대상
· 15년 제1회대한민국건국대통령이승만시공모전초대작당선
· 16년 월드그린문학대상
· 16년 대한민국사회발전공헌대상
· 16년 제1회비바비공모전수필부문비바비상
· 17년 국제문화가이아문학대상
· 대한민국황조근정훈장수훈 제17495호
「**외**」 교육부장관상 및 대통령상 등 다수